느리지만 나태하지 않고, 단순하지만 단조롭지 않고
조용하지만 적막하지 않고, 재미있지만 시끄럽지 않고
철학적이지만 어렵지 않은, 삶을 위한 공간 만들기

오래된 집에 머물다

100년 된 제주도 집에서
배우고 살아가는 이야기

오래된 집에 머물다

박다비 지음

상상출판

시작하며

세련되고 깔끔한 새집보다는 낡고, 작고, 불편한 오래된 집에서 배우고, 생각하며 살아가는 우리 두 사람의 이야기를 담았다.

'이렇게 다르게 살아가는 삶도 있구나. 우리가 살아가는 이 순간이 세상 어느 곳 누군가에 작은 영향을 미친다면 나도 한번 재미있고, 의미 있는 일들을 해봐야겠다. 그 일이 비록 사회가 정해놓은 기준과는 다르거나, 보통의 사람들이 선택하는 방향이 아닐지라도 말이야.' 하고 한 번쯤 생각을 가다듬고, 마음을 먹어볼 수 있게 만드는 책이 되기를.

반복되는 일상, 견뎌내야만 하는 삶의 순간순간에 책장 어딘가에 꽂혀있던 이 책을 꺼내어 무모하지만 무모했기에 할 수 있었던 우리 두 사람의 시작을 슬쩍 펼쳐 보고, 조금은 무모해질 용기를 내볼 수 있기를.

우리는 모두 다르고, 누군가는 빠르고, 누군가는 느리며 누군가는 크고, 누군가는 자그마하며 누군가는 대담하고, 누군가는 다정하며 그렇게 다양한 삶의 모습이 있다는 사실을 다시금 떠올려 볼 수 있기를.

그런 책이 되기를.

—— 제주에서 다비 씀.

Contents

Part 2 오래된 집에 머물다

Part 3 여행일기

배현다

우리의 설계는

Part 1

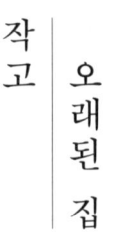

작고 | 오래된 집

왜일까? 나는 어려서부터 줄곧 제주에 살고 싶다는 생각을 해왔다. 내 나이 스물다섯, 이제 막 인도에서의 반년을 뒤로하고 돌아온 나는 무작정 또다시 비행기에 올랐다. 그렇게 제주라는 섬에 첫발을 디뎠다. 그리고 그곳에서 지금의 남편 J를 만났다. 나는 "제주에 살고 싶어."라고 말했고, J는 "난 어디라도 상관없어. '어디냐'가 아니라 '누구와 함께인지'가 더 중요하니까."라고 말했다. 그렇게 우리는 누군가 '귤'이라 부르는 섬, 제주에 살게 되었다.

나는 대학 공부를 마치기 위해 인천에 있는 부모님 댁에 올라와 있었고, J 혼자 제주에 남아 이곳저곳 우리가 적을 두고 살아갈 공간을 찾아다녔다. 당시의 우리는 앞으로 제주에서 어떻게 살아나가야 할지 막막했지만, 한편으로는 둘이 함께라면 무슨일이든 꼭 해낼 수 있다는 긍정적인 믿음을 꼭 붙들고 있었다. 그 믿음을 붙든 채로 나는 부모님을 설득하고, J는 적당한 장소를 찾아 헤매는 지난한 날들이 이어졌다.

처음에는 우리도 물론 저렴한 연셋집(제주에서는 월세보다 1년 치 월세를 한꺼번에 내고, 계약하는 연세의 개념으로 집을 빌려준다.)을 구해서 무언가 자그맣게 시작해보려는 생각이었다. 하지만 최근 제주의 집값이 폭등하면서 연세도 터무니없는 가격으로 치솟았고, 아등바등 매년 연세 걱정을 하며 살아가느니, 빚을 지더라

100년 가까이 된 안채의 처음 모습

도 매매하는 쪽이 낫겠다는 결론을 내렸다. 그러던 어느 날, 제주의 남서쪽 조용한 마을에 작고 아주 오래된 집을 찾았다는 J의 연락을 받았다. 여러 개의 작은 건물로 이루어져 있으며, 그중 가장 오래된 안채는 100년 가까이 되었다고 했다. 나는 직접 가서 보지도 못했지만, 꽤나 마음에 들어 하는 J의 모습에 고민할 틈도 없이 "오케 이!"를 외쳤고, 그와 함께 우리의 사서 고생도 시작되었다.

사실 내가 이 집을 처음 찾았던 때에는 마당에 풀이 무성하여 집 안으로 들어갈 수조차 없었다. 오랜 세월 그 자리를 지켜온 만큼 많이 낡아 있었고, 사람의 손을 타지 않은 지도 오래되어 풀이 무성하던 안채 마당이 아직도 기억에 선하다. 안채 마당에는 100년 가까이 된 안채 건물과 작은 창고 세 동이 함께 놓여 있었는데, 크지 않은 땅덩어리에 자그마한 건물들이 너무 가깝지 않게, 그렇다고 너무 멀지도 않게 옹기종기 모여 있는 모양이 참 좋았다. 그러나 이 100년 가까이 된 집이자 우리의 사서 고생의 주인공 격인 안채는 처음부터 골칫덩이였다. 우리가 오래된 집을 고칠 거라는 소문을 듣고 구경 온 지인들은 안채를 보자마자 하나같이 혀를 내둘렀다. 한 명도 빠짐없이 그냥 허물어버리고 새로 건물을 올리라는 소리를 했다. 이유인즉 슨, 집이 너무 낡아 고쳐도 시간만 오래 걸리고, 고생만 더 하고, 돈만 더 들고, 새로 짓느니만 못할 거라는 이야기였다. J와 나는 고민하고 또 고민했다. 하지만 도저히 안채 건물을 허물 수는 없었다. 길지 않지만 한동안 제주에서 지내오면서 여기저기 올라가는 번쩍번쩍한 신축건물을 수없이 봐왔고, 제주에 어울리지 않는 건물들을 막무가내로 짓는 사람들에게 약간 화가 나 있기도 했다. 게다가 이제 갓 30년을 산 J와 30년도 채 살지 못한 내가 무슨 권리로 100년을 산 이 집을 허물 수 있다는 말인가. 그건 옳지 못하다고 생각했다. 그리고 '재미없잖아. 너도나도 힘쓰는 신축건물 올리기에 우리까지 합세해야겠어?' 하는 생각이 들었다.

손재주는 있지만 고작 두 달 목수 삼촌 따라다닌 게 전부인 J와 살면서 못질 한 번 안 해본 나. 우리 둘이 과연 해낼 수 있을까? 고민할 새도 없이 우리의 사서 고생은 시작되었다.

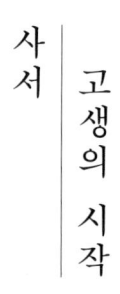

사서 │ 고생의 시작

남편 J는 우리가 처음 만나기 훨씬 이전부터 어떠한 '공간'을 만들고 싶었다고 한다. J가 꾸던 그 꿈은 어느덧 우리가 함께 꾸는 꿈이 되어 있었고, 우리는 이 자그마한 건물들을 고치고 손봐서 그 어떠한 공간을 만들기로 했다. 이것이 우리 둘의 '사서 고생 프로젝트' 이야기의 시작이다. 쉬운 길보다는 어려운 길이 언제나 옳다고 생각하는 J와 덕분에 같이 사서 고생하는 나의 이야기.

처음 두 달 동안은 연셋집을 얻어 지내던 제주 동쪽 마을에서부터 매일 70km를 왔다 갔다 하며 공사를 했다. 추운 겨울이었고, 원체 잠이 많은 나는 새벽같이 일어나 공사현장으로 한 시간씩 차를 타고 달려오는 일이 정말 끔찍이도 힘들었다. 돈을 아끼자고 6,000원짜리 백반 한 끼 사 먹지를 못하고, 매일 3분 요리로 점심을 때우던 그런 날들이었다. 그러한 두 달간의 공사가 마무리 단계에 접어들었을 때, 집 안에서 가구를 만들며 보냈던 시간들이 얼마나 행복했는지 모른다. 그렇게 공사를 마친 바깥채로 우리의 신혼살림을 이사했다. 사실 살림이라 해봤자 내가 육지(제주에서는 본토를 육지라고 부른다.)에 올라가 있었을 때, 카페에서 아르바이트를 하며 모은 단돈 50만 원으로 장만한 중고 냉장고, 세탁기, 식기들이 전부였다. 그 외에 침대, 옷장, 책상, 식탁, 의자, 싱크대 등은 J가 손수 다 만들었다.

공사 초기 안마당에서 본 모습

왼쪽_ 내가 그린 도면 **오른쪽**_ J가 그린 도면

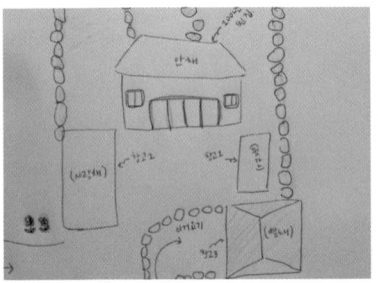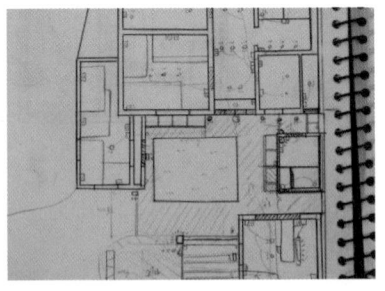

행복한 시간도 잠시, 우리는 2주간의 꿈 같은 휴식을 뒤로하고 다시 안채 공사에 들어갔다. 두 달 동안 고친 바깥채에 신혼살림을 차렸고, 안쪽에 자리한 안채와 창고들을 고쳐 작은 게스트하우스를 차리기로 했다. 우리의 손길이 닿아 만들어진 공간을 다른 이들과 공유하는 것은 어떤 기분일까 궁금하고, 설레었다. 하지만 한편으로는 다시 원점으로 돌아간 기분이었다. 아니, 그보다 더했다고 해야 할까. 바깥채는 40년 된 건물이라 비교적 상태가 양호했지만 안채는 말 그대로 100년 세월이었다. 낡을 대로 낡은 아주 오래된 집이었다. 막막했던 그 순간이 아직도 잊히지 않는다. 오래되고 낡은 이 공간이 우리의 '사서 고생'으로 어떤 공간으로 바뀌어 나갈지… 기대 만발, 걱정 만만발이었다.

공사 시작 전, 우리는 집의 전체적인 모습을 도면으로 그려 보았다. 이 그림 두 장만 비교해 봐도 J와 내가 얼마나 다른 성격의 소유자인지 알 수 있다. 사진에선 안 보이지만 나의 지도(?)를 보면, 위쪽에 두 달 동안 공사를 마치고 우리가 살고 있던 살림집이 자리한다. 살림집 앞쪽으로 안채 건물이 마주하고 있다. 안채의 왼쪽 끝에 창고 건물이 하나 붙어 있고, 그 맞은편으로 아주 작은 창고가 하나 더, 그 옆으로 넝쿨로 뒤덮인 창고가 또 하나 있다. 크지 않은 땅덩어리에 작고 귀여운 건물들이 옹기종기 각자의 자리를 지키고 서있는 것이다. 그리고 우리 집 동쪽 담 너머로 동녘 할망네가 있고, 서쪽 담 너머는 서녘 할망네 집이 있다. 주변 할망들에 둘러싸여 할망들의 사랑을 독차지하며 살게 되었다.

다시 | 처음으로 ·· 철거

본격적인 공사에 들어가기 전에는 항상 밑 작업이 필요하다. 그리고 밑 작업에 들어가는 데에는 또 마음의 준비가 필요했다. 바깥채 공사를 마무리하고, 다시 처음으로 돌아가 흙먼지 날리는 작업을 하려니 영 마음이 잡히지 않았다. 100 살이 된 안채에서 필요 없는 내장과 구조들을 모조리 떼어내어야 했다. 바깥채를 공사할 때 겪은 벽지 제거의 악몽이 다시금 떠올랐다.

가장 먼저, 안채 지붕의 구조(대들보와 서까래)가 튼튼하게 버텨주고 있는지 확인 하기 위해 천장을 뜯어내기 시작했다. 1차로 천장의 합판을 모두 떼어내면, 안에 각 목(현장에서는 '다루끼'라고 불린다.)으로 상을 대어놓은 것이 나온다. 여기서 또다 시 고민에 부딪힌다. '상을 살리고 합판을 새로 쳐서 깔끔하게 천장 마감을 할 것인 가, 혹은 모두 제거하고 대들보와 서까래를 노출시킬 것인가.' 하는 고민이다. 실제 로 천장을 모두 트고 서까래를 노출시키게 되면 그만큼 단열효과가 줄어든다. 겨울 에는 춥고, 여름에는 더욱 더울 수 있는 구조가 되는 것이다. 하지만 상을 그대로 두 고 천장을 마감하자니, 천고가 너무 낮아 생활하기 불편할 수 있다는 문제가 있었 다. 또한 서까래를 살려 옛집의 멋을 살릴 수 없다는 안타까운 점이 있다. 우리는 고 민 끝에 서까래를 드러내는 쪽으로 결정을 내렸다. 여름철 더위를 극복할 수 있는 방법은 차차 고민해보기로 했다.

왼쪽 위_ 안채 거실의 천장 합판을 떼어내는 J
아래_ 벽지를 떼어낸 큰방과 작은방의 모습

각목들을 제거하고 나니, 안쪽에 또 합판들이 나왔다. 그것을 제거하니 수십 겹의 짱짱한 벽지들이 또 나왔다. 약 100년간 덧붙여진 벽지들이 이 집을 추위로부터 막 아주었겠지.

벽지를 떼어내는 작업을 했다. 수십 년간 덧붙여온 벽지들을 떼어내는데, 분명 오 래된 것들인데 어찌나 예쁜 문양들이던지! 벽지를 떼어내는 내내 감탄이 이어졌다. 이대로 다 태워버리기엔 아까워 조금씩 떼어 남기기로 했다. 우리의 보물이 하나 더 늘었다.

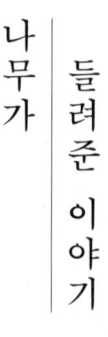

나무가 들려준 이야기

천장에 붙은 벽지를 열심히 떼어내고 나니, 대들보와 서까래, 흙을 바른 태초의 천장이 모습을 드러냈다. 집이 워낙 오래되어 나무들이 다 상하지는 않았을까 많이 걱정했는데, 모습을 드러낸 서까래들은 생각보다 상태가 괜찮았다. 얘기를 들어보니 얼마 되지 않은 나무들보다 오랜 세월을 보내온 나무들이 더 튼튼하고 견고하다고 한다. 구들장에 불을 때어 나무들이 까맣게 그을렸는데, 오히려 그 덕분에 벌레를 먹지 않고 오랜 세월 튼튼하게 이 집을 받치고 있을 수 있었던 것이다. 또한, 천장에 바른 흙의 상태도 생각보다 괜찮았다. 오랜 세월 다져지고 굳어진 모습으로 천장에 붙어 있었다. 물론, 군데군데 떨어져 나간 부분은 보수해주기로 했다. '이 오래된 집을 과연 우리 손으로 고쳐서 살릴 수 있을까?' 하던 걱정들이 100년 가까운 세월을 튼튼하게 버티고 있는 천장의 나무들을 눈으로 확인하자 조금씩 사라져갔다.

실제로 옛날에는 집을 지을 때, 다른 철거한 집의 대들보나 서까래를 그대로 들고 와 다시 썼다고 한다. 그러니 어쩌면 이 나무는 이 집이 지내온 세월보다 훨씬 더 오랜 세월을 지내왔을지도 모를 일이다. 그 오랜 세월을 그 거센 제주의 바람을 맞으며 이 집을 지켜온 것이다. 가끔 우리는 우리에게 주어지는 문제나 상황들을 너무 쉽게 생각하거나 결정해버리곤 한다. 100년이 된 집은 너무 오래되었으니, 분명히

그 속까지도 많이 상했을 것이라 생각하고, 부수고 새로 건물을 올리라고 얘기하는 것 또한 그렇다. 만약 우리가 그렇게 생각해 이 오랜 보물섬 같은 집을 부숴버렸다면, 오랜 세월 견고하게 자기 자리를 지키고 있던 나무들과 만나지 못했을 것이다. 분명 나무들이 썩을 대로 썩어있을 거라고 생각하면서 말이다.

하지만 자연은 우리 생각처럼 그리 가볍거나, 약한 존재가 아니다. 인간이 만들어 낸 콘크리트나 다른 재료들보다도 훨씬 더 강하고, 견고하고, 따뜻하고, 인내심이 있는 것이 바로 자연에서 온 것들이다. 흙이나 돌, 그리고 나무 같은 것들이 그러하다. 이것이 바로 100년 된 집에서 발견한 나무가 우리에게 들려준 이야기이다.

옛것들의 가치

100년이 된 집 안을 하나하나 정리하면서 우리는 꽤 많은 것들을 발견했다. 마치 보물찾기라도 하는 기분이었다. 오랜 세월 이 집과 함께했을 옛것들은 그것들이 지내온 시간의 흔적을 그대로 품고 있어서인지 새것에서는 느낄 수 없는 묘한 매력이 느껴진다. 그것들만의 빛바랜 색감과 세월의 냄새를 풍기곤 한다. 이런 오랜 것들을 찾아낼 때의 감동은 실로 엄청났다. 어렸을 적 시골 할머니 집에 놀러 가서 맡던 그 냄새가 난다. 아니, 더 정확히 말하자면 우리 할머니 냄새가 나는 것 같았다. 어렸을 때는 어린 마음에 할머니 냄새가 시큼하다고 싫어했는데, 이제 와 생각하면 그만큼 마음을 편안하게 해주는 냄새가 또 어디 있을까 싶다.

안채 한쪽 구석에 반닫이장이 하나 놓여 있었다. 아마 예전에 살던 주인 할머니가 이 집에 시집올 때 들고 왔던 혼수가 아닐까? 그 옛날 귀한 물건을 고이 모셔두었을 반닫이장을, 우리는 이 오랜 집과 함께 선물 받았다. 반닫이장은 현재 카페 공간 한쪽에 놓아두었는데, 한 번씩 문을 열 때면 오래되어 퀴퀴한 냄새가 진동을 한다. 하지만 왠지 기분 나쁜 냄새는 아니다. 퀴퀴하지만 기분 나쁘지 않은 시골 냄새.

큰방의 한쪽 구석에 놓여 있던 나무 문살과 창호지로 만들어진 미닫이문, 열쇠는 어디 있는지 찾아볼 수 없지만 반닫이장의 자물쇠로 쓰였을 오랜 주물 자물쇠, 먼

지가 쌓였지만 누군가 귀하게 모셔두고 좋은
날에만 신었을 가죽 구두 한 켤레, 여러 겹의
벽지를 떼어내고 안쪽에 붙어있던 '우리 강산
푸르게 푸르게-' 신문광고, 오래된 장식장에
서 나온 꽃무늬 그릇들, 그리고 옛날 할머니 댁
에 놀러 가서나 보았던 동그란 스위치들이 그
러했다. 적어도 내 나이보다 오래되었을 이 옛
것들은 먼지 쌓이고, 구멍 나고, 빛이 바랬지만
세월의 흔적을 꾹꾹 눌러 담아 공장에서 갓 나
온 새 물건보다도 더 아름다울 수 있는 것이다.

오늘의 우리는 버림에 익숙하다. 새로운 것들
이 너무 많이 시장에 나오기 때문일까? 조금만
낡거나 혹은 유행이 지났다는 이유로 많은 것
들을 너무 쉽게 버리고 있다. 과연 귀하게 여기
는 무언가가 하나라도 있을지 궁금하다. '귀하
다'는 것은 그 존재만으로도 가치가 있어 아끼
고 보살피게 되는 것이다. 낡았다는 이유로 버
릴 수 없는 그 무엇. 옛것들은 또한 그래서 더
욱 가치가 있다. 누군지 모를 그 누군가에게는
매우 귀한 무언가였을 것이기 때문이다.

나무 본연의 | 색을 찾아서

5일 동안의 철거 및 밑 작업을 마치고, 서까래와 대들보 샌딩(Sanding, 홈집을 제거하고 표면을 매끄럽게 하며, 페인트 코트의 점착을 좋게 하기 위해 연마재를 사용해 문지르는 일) 작업을 시작했다. 샌딩 작업이란 쉽게 말하자면 사포질인데, 둥근 사포를 샌딩 기계에 부착하여 버튼을 누르고 문지르면 샌딩기가 빙글빙글 돌아가면서 사포질을 도와준다. 하지만 샌딩기로 오래 묵은 때를 벗겨내기에는 역부족이었다. 그래서 우리는 좀 더 강력한 그라인더를 사용하기로 했다. 그라인더를 사용하면 일이 금방 될 것 같지만 그게 머리 위로 팔을 뻗어서 해야 하는 작업이라면 얘기가 달라진다. 게다가 수십 년 묵은 먼지와 때와 그을림이라면 더더욱.

샌딩 작업을 할 때는 미세먼지가 매우 많이 날린다. 때문에 꼭 보안경과 방진마스크를 착용해야 한다. 그렇지 않으면 나중에 코를 풀 때 새까만 코가 엄청 나온다. 이 작업을 J 혼자 며칠에 걸쳐서 했는데, 어깨며 허리며 너무 아파하던 그가 무지 안쓰러웠다. 그래도 며칠 동안 작업을 하니 거실 서까래가 나무 본연의 색을 드러내기 시작했다.

사진의 문짝은 안채 벽을 뜯어낼 때, 작은방 미닫이문 옆쪽의 벽 속에서 나온 문이

위_ 묵은 때를 벗긴 후
아래_ 벽 속에 숨어있던 오래된 문

다. 옛날에 작은방 문으로 사용했던 것 같은데, 그 위를 벽으로 덮어버리고 옆으로 새로 문을 낸 것 같았다. 처음 발견했을 때 정말 신기했는데, 옛사람들은 키가 얼마나 작았는지 문을 볼 때마다 놀라웠다. 이 문도 열심히 사포질을 하여 묵은 때를 벗겨주었는데, 사포로 쓱싹쓱싹 한 번씩 손이 오갈 때마다 묵은 때가 벗겨지면서 나무 본연의 색을 자랑했다. 이에 반해 얼마나 바라보았는지 모른다.

천장 | 흙 보수

    오래된 집이다 보니, 여기저기 보수해야 할 부분이 많았다. 가장 손이 많이 가는 부분은 아무래도 천장이 아니었나 싶다. 기본적으로 돌과 흙으로 지어진 집이다 보니, 그에 맞게 되도록이면 흙으로 보수하기로 했다. 바깥채 공사할 때 흙을 얻어왔던 공사장을 다시 찾아 흙을 더 얻어왔다. 벽이나 천장에 바르기에는 황토가 최고다. 찐득하니 떨어지지 않고 잘 붙는다.

바깥채 공사 때는 흙이고 시멘트고 전부 손으로 비벼서 했는데, 안채는 도저히 안되겠다 싶어 믹서 드릴을 하나 장만했다. 이후, 믹서 드릴로 흙이나 시멘트 반죽을 하는 일은 내가 도맡아 했다. 어느 날 SNS에 내가 믹서 드릴로 반죽하는 사진을 올리자 누군가가 '여자 근력으로는 무리일 텐데요.'라고 댓글을 남겼고, 거기에 나의 사랑하는 남편 J는 '문제없습니다.'라고 다시 댓글을 달았다. 하하하 그래, 어깨가 뭉치고 팔이 떨어져 나갈 듯 아프긴 했지만 그래도 큰 문제는 없었다.

천장 보수는 흙을 반죽한 후 장갑을 낀 손으로 치덕치덕 발라주면 된다. 작은 부분은 괜찮은데, 흙이 크게 떨어져 나간 부분은 흙을 새로 바를 때마다 가차 없이 땅으로 떨어진다. 그럴 때에는 조바심을 내지 말고 발리는 만큼만 발라, 하루 뒤에 흙이 굳으면 그 위에 덧바른다. 그렇게 천천히 하다 보면 어느새 구멍을 모두 메꿀 수 있다.

위_ 공사장에서 얻어온 흙
아래_ 고무장갑을 끼고 천장에 흙을 바르다 보면 흙이
여기저기 떨어지는데 물론 내 머리, 얼굴 위에도 떨어진다.

고양이 발자국

본격적인 미장 작업을 위해서 모래 1루베(m^3)와 시멘트 10포대를 주문했다. 이때는 이 정도도 참 많다고 생각했는데, 이후로 이보다 훨씬 많은 양의 시멘트를 비비게 된다. 안채 창고에 있던 큰 대야를 매우 유용하게 잘 써먹었다. 시멘트 반죽은 상황에 따라 비율이 조금씩 다르지만 보통은 모래와 시멘트를 3:1 비율로 한다.

안채의 옛 주방 공간에는 화장실과 샤워실, 세면실 공간을 만들기 위해서 기초 바닥 미장 작업을 했다. 기본적인 설비 공사는 전문가에게 맡겼지만, 마감 미장까지 맡기기에는 비용이 많이 들어서 우리가 직접 하기로 했다. 바닥 기초 미장의 경우 시멘트 반죽을 아주 묽게 해서 부어버리면 대략 수평이 맞춰진다. 또한 화장실과 샤워실 바닥은 구배(경사면의 기운 정도)를 잡는 것이 중요한데, 미장을 할 때 수평자를 이용해 물이 잘 빠지게끔 구배를 잡아야 한다.

안채에는 길고양이들이 많이 드나들었는데, 따로 입구를 막을 문이 없었으므로 다음 날이면 당연하게도 미장을 한 바닥에 고양이 발자국이 선명하게 새겨져 있었다. 마르지 않은 시멘트 바닥을 밟고는 당황했을 녀석들의 표정을 상상하니 쿡쿡 웃음이 나왔다.

왼쪽_ 믹서 드릴로 시멘트 반죽. 주방 바닥 기초 미장
오른쪽_ 고양이 발자국

비록 느리지만, 업자들에게 맡기지 않고 우리 둘의 손으로 하나하나 집을 고쳐나가
다 보니 이런 작은 일에도 한참 관심을 기울이게 된다. J와 나는 이 작은 고양이 발
자국을 두고 사진도 찍고, 그 모습을 상상해보고, 웃기도 하면서 천천히 다음 작업
을 준비했다. 이렇게 조용한 시골 마을에 젊은 부부 둘이서 바쁘지만 천천히 무언
가를 하다 보면 작은 일도 중요한 이야깃거리가 되는 것이다. 사람들이 바쁜 일상
을 살아가면서 때로는 놓치고, 때로는 흘려보내는 사소한 일들이 우리 둘에겐 얼마
나 좋은 이야깃거리가 되는지. 하나의 작은 추억이 될 수 있는지. 작은 일들 하나하
나에 마음을 쓸 수 있는 여유가 있음에 참 감사하다.

낭만적인 일?

멋있고 재밌고

혹자는 제주에서 농가주택을 구해 손수 고치고 있다고 하면, "오- 멋있다. 재미있겠다. 낭만적이네!"라는 가벼운 반응을 보이곤 한다. 과연 이 일이 정말 멋있고, 재미있고, 낭만적이기만 할까? 물론 자기가 살아갈 공간을 손수 고치고, 꾸밀 수 있다는 것은 참 멋진 일이었다. 나와 J처럼 뚝딱뚝딱 만드는 걸 좋아하는 사람이라면 더더욱 재미있기도 하다. 하지만 힘들고 어려운 일을 요정이라도 나와서 '뾰로롱' 해결해주는 것은 아니었다. 추운 겨울날 땀을 뻘뻘 흘릴 만큼 힘든 일들도 해야 하고, 검은 먼지를 마시며 온몸에 흙먼지를 뒤집어쓰는 일도 해야 한다. 그리고 나는 공사를 시작하고부터 살아생전 절대 친해지지 않을 것만 같던 분야와 점점 가까워지고 있었다. 바로 노가다(막노동을 뜻하는 현장 언어)이다. 삽질이 절대 팔힘만으로 되는 게 아니라 허리를 써야 한다는 걸 알아가기 시작했고, 어떻게 하면 시멘트를 잘 반죽할 수 있는가 하는 것들 말이다.

말하자면 이런 것이다. 요즘 유행하는 화장품이 무엇인지, 가격이 얼마인지는 몰라도 벽돌이 한 장당 100원, 브로크(블록)가 한 장당 1,000원이라는 건 알았다. 예쁜 옷을 어디서 싸게 살 수 있는지는 몰라도 시멘트가 한 포에 7,000원, 레미탈(시멘트와 모래가 섞인 작은 포대)이 한 포에 5,000원인데, 시멘트와 모래를 직접 사서 반죽하는 게 훨씬 경제적이라는 걸 알게 된 것이다. 과연 '멋있다, 재미있겠다, 낭만적이다'라며 마냥 부러워할 수 있는가 하는 말이다.

눈에 잘 띄지는 않지만, 공사하면서 가장 많이 한 작업이 바로 '미장'이 아닐까 싶
다. 바닥 기초 미장부터 벽돌 조적 미장, 창문 틈새 사춤 미장까지. 우리는 끝없이
시멘트와 모래를 사다 나르고, 반죽하고, 발랐다. 나는 끝없이 믹서 드릴을 돌려가
며 반죽했고, J는 점점 요령이 생기면서 미장에 뛰어난 재능을 보이고 있었다. 어느
날은 YouTube 채널로 미장하는 미장공 아저씨들의 작업 동영상을 하루 종일 보기
도 하며 열의를 보였다. 이번에 우리가 할 작업은 벽돌 조적이었다. 안채에 샤워실
과 화장실 공간을 나누어 만들기로 했는데, 뻥 트인 공간에 벽돌을 쌓아 올려 샤워
실을 만들기로 했다. 이를 위한 기초적인 설비 공사는 마무리된 상태고, 이제 벽돌
을 쌓을 차례였다.

집 공사의 절반은 미장

조적을 위해 벽돌 한 팰릿(Pallet, 약 720장)을 주문했다. 바깥채 쪽 큰 도로에 내려주고 가셨는데, 그 양이 어마어마하다. 이걸 언제 다 옮기나 걱정했는데 마침 집에 놀러 온 J의 동아리 후배(정우와 현민)들이 고생하여 벽돌 720장을 안채로 옮길 수 있었다. 공사를 하는 동안 많은 지인들이 다녀갔는데, 와서 조금씩 거들어준 일들이 많은 도움이 되었다. 매일 둘이서만 일하다가 가끔 사람들과 북적이며 일을 하면 기분이 들뜨고, 힘을 얻기도 했다.

먼저, 얼마만큼의 공간이 필요한가 계산하고 그에 맞춰 벽돌을 쌓아 올리면 된다. 시멘트 반죽을 해서 한 장 한 장 반죽을 얹어 벽돌을 계단식(혹은 지그재그)으로 쌓아 올린다. 물론 벽의 수평과 수직을 중간중간 체크해야 한다. 그렇게 아무것도 없던 자리에 작은 하나의 독립된 공간이 만들어진다.

며칠 후, 쌓아 올린 벽돌은 탄탄하게 굳었고, 몸에 잔뜩 힘을 주어 기대도 무너지지 않았다. 성공이다! 사실, J도 나도 이렇게 벽 전체를 조적하는 건 처음이라(작은 면적의 조적은 바깥채 공사 때 해봤다.) 과연 잘 할 수 있을지 걱정했는데, 다행히도 결과는 성공적이었다. 탄탄하게 굳었으니 마감 미장을 할 차례다. J는 미장 작업을 여러 번 반복하더니 어느 정도 기술이 생긴 모양이었다. 흙손을 이용해 반듯하게

벽돌을 한 장씩 쌓아 올려 화장실을 만들었다.

마감하는 모습이 흡사 베테랑 미장공이었다.

이쯤 와서는 집 공사의 절반은 시멘트 미장인 것 같았다. 아직도 해야 할 미장이 한참이나 많이 남아 있었다. 시멘트 가루의 역한 냄새와 피부에 닿아 쓰라린 것은 정말 곤욕이었다. 커다란 대야에 시멘트와 모래를 잔뜩 붓고 물을 넣어 반죽하는 일도 여간 힘든 게 아니었다. 하루 종일 시멘트 반죽을 한 날이면 다음 날 두 팔이 모두 빠질 것만 같았다. 어서 미장이 모두 끝나고, 다른 작업을 했으면 좋겠다고 생각했다.

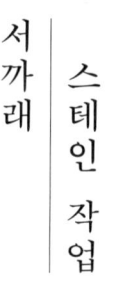

서까래 | 스테인 작업

천장의 대들보와 서까래에 스테인 작업을 하기로 했다. 우드 스테인은 나무의 결을 그대로 살리면서 색을 입혀 주고, 나무를 보호하기 위한 마감재이다. 예전에는 오일 스테인뿐이었지만, 요즘에는 인체에 해롭지 않은 수성 스테인도 많이 나온다고 한다. 우리는 나무에 스테인을 칠해서 전체적으로 색감을 예스럽고 가볍지 않은 톤으로 만들기로 했다. 공사를 하면서 알게 된 사실인데, 나는 고가구의 예스러운 색을 참 좋아한다. 나무는 그런 오랜 색을 가지고 있어야 더 따뜻하고, 좋은 느낌을 풍긴다고 생각한다.

우선, 깨끗한 마른걸레로 나무의 표면을 닦아 먼지를 털어낸다. J가 먼저 마른걸레로 먼지를 닦아내면, 내가 붓으로 스테인을 쓱쓱 발라주었다. 얼마 후 스테인이 나무에 충분히 스며들면 마른걸레로 표면을 닦아낸다. 스테인 작업 후, 서까래 색이 살짝 붉은 감이 돌고, 좀 더 짙어진 것을 볼 수 있다. 다른 작업들에 비하면 비교적 쉬운 작업이었는데, 그래도 여전히 천장 작업은 허리, 어깨, 팔의 통증을 일으켰다.

100년이 넘는 오랜 세월을 튼튼하게 버티고 있어 준 나무에게 다시 한 번 고맙다는 마음이 들었다. 혹시나 나무가 많이 상해 있었다면 우리는 아마도 이 기나긴 사서 고생을 시작하지도 못했을 테니까.

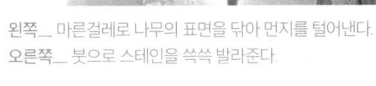

왼쪽_ 마른걸레로 나무의 표면을 닦아 먼지를 털어낸다.
오른쪽_ 붓으로 스테인을 쓱쓱 발라준다.

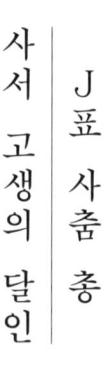

J표 사춤 총

사서 고생의 달인

안채의 창문들은 대부분의 옛집이 그러하듯 '알루미늄 새시+나무창문' 으로 되어 있었다. 사실, 안채 건물을 고치는 데 최소한의 돈을 써야 했던 우리는 새 창문을 다는 데 꽤나 큰돈이 들기 때문에 어떻게든 원래 있던 창문으로 버텨볼 요 량이었다. 실제로 바로 옆집 할망네도 우리 안채처럼 '알루미늄+나무'인데, 오랜 세 월을 잘 살고 계시지 않은가? 많은 시골에서 그러하듯, 동네의 많은 집들이 옛날의 창 그대로 여러 세월을 나고 있었다. 그래서 어떻게든 버텨보려 했지만, 아무래도 손님을 받을 집이고, 무엇보다도 따뜻한 공간을 만들겠다는 처음의 생각 때문에라 도 추운 집을 만들 수는 없었다.

새시를 동네 유리 삼촌네 가게에 주문하고, 며칠이 지나 삼촌께서 새시를 시공하러 오셨다. 창틀을 시공할 때에는 수평이 매우 중요하다. 지금 와서 생각해보면 집 공 사할 때 가장 기본적이고 중요한 것은 수직, 수평을 잘 맞추는 게 아닐까 싶다. 창 문 시공할 때에도 수평이 맞지 않으면 창문이 잘 닫히지 않거나, 잠기지 않을 수도 있다. 의외로 와꾸(유리 삼촌은 창틀을 '와꾸'라고 불렀다.)를 시공하는 것은 간단 했다. 수평자를 올려놓고 수직, 수평을 봐가면서 피스로 고정하면 끝이다. 하지만 창문 시공의 진짜 시작은 여기서부터다. 보통 창문 시공 의뢰 시 창틀을 시공해주 고 창문이 잘 닫히는지만 보면 시공업자의 역할은 끝이다. 처음에는 '오잉? 이게 뭐

J표 사춤 총

지? 저 틈은 어쩌라는 거지?' 하며 당황했지만, 이제는 당황하지 않는다. 우리는 처음이 아니니까!

창문을 시공하면 벽과 창틀 사이에 틈이 생기기 마련이다. 그 틈을 시멘트나 우레탄 폼으로 메워야 하는데, 이를 '사춤'이라고 부른다. 이 작업을 신경 써서 하지 않으면, 집에 웃풍이 드는 것이다. 사춤 작업을 위해 나는 또다시 시멘트를 반죽했다. 반죽이 완성되면 본격적인 사춤 작업이 시작된다. 보통은 틈이 작은 부분은 사춤 총(실리콘 총의 실리콘 대신 시멘트를 넣어 쓰는 장비라고 생각하면 쉽다.)이라는 도구를 이용해서 작업하는데, 하지만 J는 언제나 쉽게 가지 않는다. 무슨 오기인지 사춤 총을 끝내 사지 않더니 "잠깐만 기다려봐!" 하고는 나무 쪼가리들을 주워 뚝딱뚝딱 무언가를 만들기 시작했다.

그렇다. J는 나무 쪼가리들로 나무 사춤 총을 만들었다. 내 남편이지만 정말 대-단하다, 대단해.("잘-났다, 잘났어."의 느낌으로) 어쨌거나, 우리는 J의 사춤 총을 이용해 모든 창문의 사춤 작업을 마무리했다.(이쯤 되면 시중에 파는 사춤 총은 도대체 얼마일까 궁금해진다.)

자연의 힘을 빌리다

100년이 된 안채에는 밝은 대낮에 봐도 암흑 같은 방이 하나 있었다. 우리는 그 방을 '골방'이라고 불렀는데, 실제로 그 방이 풍기는 느낌이 딱 골방이었다. 예전에는 불을 때는 곳으로 사용되었던 곳이라 그런지, 뭐 이렇다 할 창도 하나 나 있지 않고, 아주 작은 유리 구멍으로 들어오는 빛이 전부였다. 그 작은 유리창으로 들어오는 빛은 한낮에도 방을 밝히기에는 턱없이 부족했다. 거실이나 다른 방들처럼 벽지가 발라진 상태도 아니었고, 돌벽에 흙이 발라진 게 다였다. 마찬가지로 천장도 대들보와 서까래가 전부 노출된 상태였는데, 아마 이 집의 맨 처음 모습이 이렇지 않았을까 생각한다. 처음에 우리는 이 방에 창을 따로 내지 않고, 이 느낌을 그대로 살려서 어둑하지만 아늑하고 편히 쉴 수 있는, 동굴 같은 공간을 만들면 어떨까 생각했다. 물론 우리가 살아가는 데 있어 햇빛은 꼭 필요하지만, 너무 밝은 곳보다 약간은 어두운 공간에서 마음이 더 놓이고, 편히 쉴 수 있다고 생각했다. 새하얗고, 딱딱하게 각진 네모난 공간보다는 얼룩덜룩하고 울퉁불퉁한, 약간 어질러진 공간에서 오히려 편하게 느끼는 것도 마찬가지라고 생각한다. 그래도 집 안 곳곳 바람이 지나가는 길이 있어야 환기가 잘되기 때문에, 이 흙냄새 가득한 골방에 작은 창 하나를 내기로 했다.

예전에 콘크리트 벽에는 그라인더를 이용해 구멍을 내 본 경험이 있지만, 흙과 돌

작은 구멍에서 들어오는 빛이 전부였다.

로 된 벽에는 도대체 어떻게 창구멍을 낸다는 건지 나는 무척이나 걱정스러웠다. J
는 다짜고짜 정과 망치를 집어 들었고, 구멍을 뚫기 시작했다. 나는 저러다 집이 무
너지지는 않을까 내심 걱정됐지만, J는 꽤나 자신 있어 보였고 그래서 그냥 믿고 지
켜보았다. 무게를 많이 받지 않는 돌들을 골라 조심스레 하나씩 빼내면서 조금씩
구멍을 넓혀 나갔다. 그렇게 몇 개의 크고 작은 돌덩이들을 빼내니 창구멍을 통해
바깥쪽에서 벽을 타고 올라가던 담쟁이넝쿨이 모습을 보이고, 빛이 구멍을 비집고
들어오기 시작했다. 신기하게도 집 공사를 할수록 돌이 참 많이 생겼는데, 그건 마
치 삼다도인 제주의 신비처럼 느껴지기도 했다.

어느 정도 크기의 구멍을 내고, 창틀을 설치할 구조를 만들어 고정시켰다. 방부목
을 이용해 수평을 봐가면서 고정을 시키고, 나머지 부분은 다시 흙과 돌로 메워준
다. 구멍을 내면서 나온 흙은 아주 찰진 황토였는데, 이 황토를 다시 반죽해서 흙벽
곳곳 갈라진 부분에 구석구석 덧발랐다. 집에서 나온 자연 재료를 그대로 다시 사
용할 수 있어 얼마나 감사했는지 모른다. 그래서 자연은 참 강하고도 신비로운 것
같다. 우리 인간이 만들어낸 그 어떤 재료가 100년의 세월을 지내고도 태초의 그
상태로 존재할 수 있을까. 실제로 J와 나는 이 오래된 집을 고치면서 자연친화적이
고 생태적인 건축에 대해 많이 생각해보게 되었고, 이 경험을 계기로 관심이 생겨

창 하나로 밝은 빛과 바람길이 생겨났다.

서 공부도 하게 되었는데, 자연이 주는 재료만큼 견고하고 인체에 무해하며 오랜 세월을 한결같이 있을 수 있는 것은 세상 어디에도 없을 것이다.

창이 그렇게 크지 않아서 빛이 과하게 들어오지도 않고, 창이 난 쪽이 북향이라 사실 많은 빛이 들어오지는 않았겠지만 그래도 창이 있고 없고의 차이는 실로 엄청났다. 한낮에도 다른 빛 없이는 아무것도 보이지 않던 작은 골방이 이제 다른 빛 없이도 환히 보였다. 그리고 문과 창문을 열어 놓으면 바람길이 열려 환기도 문제없게 되었다.

오늘날 우후죽순 지어 올리는 신축건물들은 냉난방에 의존하는 형태의 집들이 대부분이다. 실제로 도시에서 살아가는 사람들 중에는 조금만 더워도 에어컨을 틀고, 조금만 추워도 난방을 하면서 한겨울에도 반팔 반바지를 입고 생활하는 데 익숙해진 이들이 많아 보인다. 몇 해 전 여름에 엄마와 함께 전주 여행을 갔을 때, 한옥에서 하룻밤을 보낸 일이 있다. 그곳에서는 에어컨 없이도 덥지 않았고, 오히려 시원하다고 느껴지기까지 했는데, 그건 바로 집 안에 바람길이 있었기 때문이라는 걸 공사를 하면서 알게 되었다. 자세히는 모르지만, 옆에서 J의 말을 주워들으니 한옥에 유독 문과 창문이 많은 것은 공기가 자연스럽게 흐르도록 만들기 위함인데, 그래서 제대로 된 한옥에 가면 한여름에도 시원하다는 것이다.(물론 대청마루 등의 다른 이유들도 있다.) 창을 좋은 위치에 내어 바람이 잘 통하게끔 바람길을 내 주는 것만으로도 엄청난 차이를 느낄 수 있다. 당장에는 편리하고 좋다고 느껴질지도 모르나 궁극적으로 자연을 해치고, 결국 인간에게도 피해로 돌아오는 각종 냉, 난방기에 의존하는 것보다 조금은 불편할지라도 자연의 힘을 빌려 지혜롭게 살아가고자 하는 노력이 필요한 때가 아닌가 생각해본다.

새똥이 아니야 | 우리가 뒤집어쓴 건

집 공사를 하면서 가장 힘들었던 일은 시멘트 작업과 천장 작업이었다. 시멘트 작업이나 천장 작업을 한 날 저녁이면 어김없이 손가락 하나 까딱할 수 없을 정도로 온몸에서 힘이 빠져나갔다. 그런데 드디어 그 두 가지 작업이 만난 것이다. 바로 천장에 백시멘트를 바르는 작업이다. 이 모든 작업은 서까래를 살리고자 하는 우리의 결정으로부터 시작되었다. 처음에는 서까래와 대들보를 노출시키는 것이 이토록 어마어마한 고생을 초래할 거라고 생각조차 하지 못했다. 하지만 우리는 울퉁불퉁하지만 올곧고 기나긴 세월을 버텨온 단단한 나무를 도저히 합판으로 덮어버릴 수가 없었다. 다행히도 이 힘든 작업을 할 때 우리의 가여운 도련님(J의 남동생)이 도우러 와줬다.

이 작업은 철저한 분업으로 진행되었는데, 가장 먼저 밑 작업으로, 흙이 발려진 천장에 붓으로 물을 바르는 작업이 필요하다. 백시멘트 반죽이 흙에 잘 달라붙게 만들기 위함이다. 도련님이 이 작업을 도왔다. 그리고 이어서 1차 작업은 백시멘트 반죽을 손으로 덕지덕지 발라 놓는 것이다. 2차로는 J가 작은 고무 헤라를 이용해 구석구석 메꾸고, 3차로 내가 붓을 이용해 백시멘트 반죽을 쓱쓱 발라 표면을 매끄럽게 만드는 것이었다.

1차, 2차, 3차. 철저한 분업이 이루어졌다.

그러고는 마른걸레를 이용해, 서까래에 묻은 백시멘트를 닦아낸다. 그러면 꽤나 매끈한 표면이 완성된다. 그렇게 안채 큰방과 작은방의 한쪽 천장을 마무리하고, 거실까지 완성시키면 되는데, 그 당시 우리는 새벽같이 일어나 밤늦도록 야간작업까지 하며 꼬박 이틀에 걸쳐 이 작업을 완성시켰다. 이틀 연속 미친 듯이 천장만 보고 작업한 결과 거실 천장이 하얗게 마무리되었다. 다 해놓고 보니, 참 곱다는 생각이 들었다. 하얀 천장과 대비되어 나무의 모습이 더욱 돋보였고, 정갈하고 아늑한 느낌이 들었다. 이 오랜 나무들을 보이게 하길 참으로 잘했다는 생각이 들었다.

그리고 우리는 온통 새똥을 뒤집어쓴 것처럼 새하얀 백시멘트 똥을 뒤집어썼다.

마치 새똥을 뒤집어쓴 것처럼
온몸에 백시멘트를 뒤집어썼다.

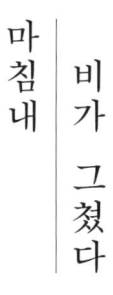

마침내 비가 그쳤다

　　겨울철 난방을 위해서 바닥 보일러를 깔기로 했다. 집 한쪽 구석에 있는 그리 낡지 않은 보일러 기계를 보고는, 예전 주인들이 살면서 보일러를 설치해두었구나 생각했는데, 알고 보니 보일러가 깔린 곳은 안채의 큰방 하나가 전부였다. 보일러를 새로 깔기 위해서 이리저리 알아보았는데, 아무래도 우리의 힘만으로는 힘들겠다 싶었다. 그래서 나무꾼 보일러 아저씨에게 전화로 문의했더니 보일러 관을 까는 데에만 무려 140만 원이라고 하셨다. 아… 140이라니, 너무 비싸다. 그래서 이번에도 사서 고생을 하게 되었다.

보일러를 깔기 위해서는 바닥을 10cm 정도 떼어내고 수평을 맞춰 기초 미장을 한다. 그 후에 비닐과 스티로폼을 깔고 보일러 배관을 깔고 그 위에 마감 미장을 해야한다. 바닥을 10cm 정도 낮추기 위해 하루 3만 원에 '뿌레카(Breaker, 파쇄함마라고도 불림)'를 빌려와 바닥을 부수었다. 작은방, 큰방, 골방이며 거실까지 모두 바닥을 파냈다. J는 뿌레카를 이용해서 미장된 바닥을 깨부수고, 도련님과 나는 열심히 통에 담아서 밖으로 날랐다. 가여운 도련님은 지난번 천장 작업에 이어 보일러 작업까지, 가장 힘든 일을 할 때마다 와서 고생을 했다.

바닥을 다 파내고, 물 수평을 잡아 눈에 잘 띄는 형광색 줄을 걸어놓은 후, 퍼낸 바닥의 조각들을 다시 선에 맞춰 채워 넣는 작업을 해야 했다. 나는 왜 애써 퍼낸 바닥을 다시 채워 넣어야 하는지 이해할 수 없었고, 잔뜩 골이 났다. 남는 공간에는 석분을 이용해 형광색 줄(수평)에 맞춰 깔아준다. 앞마당에 쌓인 석분들이 그 당시에는 얼마나 큰 산처럼 다가왔는지 모른다. 그렇게 산처럼 쌓여 있는 석분을 삽으로 퍼 담으며 삽질의 요령을 배워가고 있었다. 석분을 다 깐 후 나는 다시 시멘트 반죽을 하고, 도련님은 반죽을 나르고, J는 그 시멘트 반죽을 바닥 석분 위에 부어 기초 미장을 했다.

비가 며칠을 내리 내려서 기초 미장이 마르는 데 꽤 오랜 날들이 걸렸다. 그 당시 J는 공사에 영 속도가 붙지 않고, 자꾸 늦어지는 것 같아 조바심을 내고 있었다. 조급하고, 초조해 한껏 예민해진 J에게 나는 비가 내리는 김에 조금 쉬어가자고, 너무 조급해 말라고, 그 누구도 우리에게 너무 늦다 채찍질하지 않는다고 말했지만, 실은 그런 J를 보고 있노라면 나까지도 기운이 빠져버리는 그런 날들이었다. 그러다 마침내 비가 그쳤고, 해가 떴다. 드디어 바닥 미장이 마르고, 보일러 배관을 깔 수 있게 되었다. 이놈의 보일러 때문에 얼마나 마음고생을 했는지, 어서 일을 마치고 떨쳐버리고 싶었다. 전기 공사를 맡아주신 전기 아저씨는 참 다재다능하셔서 보일러 배관 일도 할 줄 아셨다. 전기 아저씨께 도움을 받고, J도 열심히 보일러 배관 공부를 해서 배관을 깔았다.

가장 먼저 습기 차단을 위해 비닐을 깔고, 그 위로는 단열을 위해 스티로폼을 빈틈없이 깔아야 한다. 예전에는 스티로폼 없이 그냥 바로 보일러 관을 까는 경우가 많았는데, 그렇게 시공하면 열을 바닥 아래로 많이 빼앗겨 보일러 효율이 많이 떨어진다고 한다. 스티로폼 위에는 와이어 메시(현장에서는 '와야 메시'라고 부른다.)를 깔아야 하는데, 배관을 간격에 맞춰 고정시키기 위함이다. 이렇게 모든 준비가 끝나야 비로소 그 위에 보일러 배관을 깔 수 있다.

와이어 메시에 작은 철사를 이용해 배관을 구부려 고정시킨다. 방 곳곳에 보일러 배관이 지나갈 수 있도록 해야 하는데, 시작하기 전에 계산을 해보고 깔면 편하다. 배관을 모두 깐 후에는 그 위에 마감 미장을 해야 한다. 처음에는 우리가 직접 하려고 시도했다. 내가 반죽하고 J가 작은방부터 시작했지만, 마감 미장이라 반듯하게

왼쪽_ 뿌레카를 이용해 바닥을 파냈다.
가운데 위_ 바닥을 파내니 돌이 한 무더기 나왔다.
오른쪽 아래_ 와이어 메시를 깔고 보일러 선을 깔았다.

역시 전문가의 손길은 달랐다

수평으로 잘 나와야 하건만 영 쉽지가 않았다. 며칠 후 어렵게, 어렵게 미장공 삼촌을 모셨다. 삼촌은 오래전에 미장 일을 하셨지만, 지금은 하지 않으신다고 했다. 하지만 우리의 부탁으로 도와주러 오신 것이다. 요즘 제주는 곳곳에 공사가 하도 많아서 미장공을 구하기가 참 어렵다. 역시 장인의 손길은 남달랐다. 도와주러 오신 전기 아저씨가 시멘트 반죽을 하시고, 나는 그 반죽을 통에 퍼 담고, J는 나르고, 미장공 삼촌은 계속 미장을 하셨다. 손발이 척척 맞았다.

그렇게 우여곡절 사서 고생 끝에 보일러 설치를 마쳤다. 지나고 보니 길고도 긴, 힘들고도 힘든, 시험의 기간이었던 것 같다. 이 시기에 J와 나는 모두 지쳐있었고, 일이 뜻대로 풀리지 않아 예민해져 있었다. 서로 상처 주는 말들을 내뱉고, 다투기도 많이 다투었다. 마침내 비가 그쳤고, 길고도 길었던 보일러 공사도 마무리 지었고, 그간의 긴장이 사르르 풀리며, 서로의 마음도 풀렸다.

낮은 집에서 | 머리를 보호하는 법

안채에는 거실을 가운데 두고, 앞마당 쪽으로 나 있는 커다란 미닫이문과 뒷마당 쪽으로 나 있는 자그마한 뒷문이 마주 보고 있었다. 아마도 뒷문은 옛날 이 집에 살던 사람들이 집 뒤쪽의 텃밭에 가는 데 이용하던 문이었으리라 생각한다. 그런데 문제는 바로 이것이다. 배관 공사를 하면서 뒷마당이 훌쩍 높아져버린 탓에 가뜩이나 낮은 안채가 더 낮아졌고, 작은 뒷문도 뒷마당보다 턱이 낮아져 비가 오면 자칫 물바다가 되어버릴 수 있는 구조가 된 것이다. 그래서 이 부분을 어떻게 하면 좋을까 방법을 고민하다가 문득 '현관을 바깥으로 빼서 만드는 건 어떨까?' 하는 생각이 들었다. 내가 반짝하고 떠올라서 말하자, J는 기특하다며 머리를 쓰다듬어 줬다. 그러니까 바깥쪽으로 벽과 지붕을 세워 외문을 하나 달고, 원래 있던 뒷문은 현관 안쪽의 중문이 되는 것이다.

먼저 높아진 뒷마당의 흙을 퍼내고, 바닥을 단단하게 만들기 위해 석분과 자갈을 깔고, 바닥 미장을 했다. 공사하는 동안 원래의 뒷문을 지나다니면서 머리를 얼마나 많이 부딪혔는지 모른다. 특히 모자를 쓰고 있을 때는 시야가 가려져 더욱 조심해야 했다.

바닥 미장을 마무리하고, 현관 지붕을 뺄 만큼 지붕을 잘라내고, 방부목으로 현관

왼쪽__ 현관의 서쪽 벽에 생긴 빨간색 창문
오른쪽__ 원래의 뒷문은 무척이나 낮았다.

골조를 세웠다. 원래의 뒷문보다 훨씬 높아진 것이 눈에 보였다. 높아진 현관은 내가 드나들 때 고개를 숙이지 않아도 될 만큼의 높이이기는 하나 키 큰 사람들이 드나들기에는 여전히 겸손해져야 할 높이다. 물론 더 높일 수도 있었지만, 원체 낮은 집에 높다란 현관을 만들자니 영 어울릴 것 같지가 않았다. 되도록 집에 어울리게끔 만들어야 한다고 생각했다.

나는 현관의 서쪽 벽면에 해가 질 때 빛이 들어오도록 창이 하나 있으면 좋겠다고 생각했다. 나의 요구에 J는 창을 만들기 시작했다. 각목을 이용해 창틀을 만들고, 유리 삼촌이 창틀 크기에 맞게 유리를 재단해서 창틀에 실리콘으로 고정시키고, 24시간씩 양쪽을 말려주면 창문이 완성된다. 그렇게 서쪽 벽면에 자그마한 빨간색 창문이 생겼다. 해가 서쪽으로 넘어가면 유리창으로 들어오는 오후의 햇살이 정말 또뜻하다.('따뜻하다'의 제주 사투리)

업
–
사
이
클
링

현
관
문

안채 뒤쪽 현관문은 유리 삼촌네서 얻어온 창문으로 업-사이클링(Up-cycling)해서 만들기로 했다. 유리 삼촌네서 작은 유리창이 많은 하얀 창문을 얻어왔다. 삼촌네 집에서 옛날에 쓰던 창문이라고 하셨다. 이 창문에다 나무를 덧대어 문을 만들었다. 바깥문으로 쓰기에는 아무래도 무리가 있어 보였지만, 그래도 나는 유리창이 많은 이 문을 포기할 수가 없었다.

새로 덧댄 나무 부분에 젯소(Gesso)칠을 하고, 유리창 부분에 일일이 다 마스킹 테이프를 붙였다. 마스킹 작업은 할 때는 참 귀찮지만, 막상 해놓으면 페인팅 작업을 할 때 편하고 좋다. 마스킹 작업 후, 크림 색상 페인트를 조색하여 칠했다. 페인트가 충분히 건조되면 마감재로 코팅을 해준다. 마지막으로 유리창 하나하나 실리콘 처리를 해 우리의 멋진 문이 완성되었다.

이것이 말로만 듣던 '업-사이클'이 아닌가? 버려진 창문을 이용해 현관문을 만들었다. 업-사이클은 뭐 대단하거나 거창한 게 아니었다. 우리 가까이 주변에 버려지거나 쓸모없어진 것들을 이용해 필요한 것을 만드는 것이 바로 업-사이클이다. 나도 할 수 있고, 당신도 할 수 있고, 누구나 할 수 있다. 지구를 아끼는 마음, 주변에 대한 관심과 작은 아이디어만 있으면 된다. 결코 어렵지 않다는 것을 이번 문 만들기를

얻어온 창문에 나무를 덧대어 문으로 만들었다.

통해 배웠다. 우리는 이 공사를 하면서 많은 것들을 얻고, 배워갔다. 단순히 집을 짓거나 고치는 기술뿐만이 아니다. 우리 삶을 살아가는 방식을, 작은 것들의 가치를 배우고 있었다.

동화 속에 나오는 | 너와 벽

거무튀튀하게 칠해놓은 현관의 외벽이 영 마음에 들지 않았다. 고민 끝에 J에게 말했다. "여보. 너와로 벽을 하는 게 훨씬 예쁠 것 같긴 해… 그치?" J는 계속되는 공사에 지쳐있었고, 어서 빨리 공사를 마무리하고 싶다는 마음에 그대로 두고 싶어 했다. 하지만 아무래도 자상하고 좋은 남편인 J는 내 간절한 눈빛을 무시할 수가 없었던 모양이다. J는 나를 차에 태우고 한림에 위치한 한 제재소로 향했다. 시다 셰이크(라고 불리는 너와나무)를 구하기 위해.

긴 모양으로 켜져 있던 나무를 적당한 크기로 잘라 한 장 한 장 정성스레 못으로 박았다. 땡볕에 무지 더운 여름날이었는데, 나의 어마무시한 부탁 때문에 J가 고생이었다.

J가 정성 들여 하나하나 박은 너와 벽에 나는 외부용 스테인으로 마감 처리를 했다. 나무의 색이 짙어졌다. 옆의 흙벽과 얼마나 잘 어울리던지! 너와로 하지 않았으면 정말 어쩔 뻔했나 싶었다.

벽을 완성하고, 업-사이클로 만든 현관문까지 달아주니, 정말 근사한 현관이 완성되었다. 누군가는 이 모습을 보고, 꼭 동화 속에 들어온 것 같다고 말했다.

너와나무 외벽과 업-사이클 문

콘크리트 | 야외 세면대

바깥에서 간편히 손을 씻을 수 있는 세면대를 하나 만들어 놓기로 했다. 지난번 나무꾼 보일러 아저씨가 설비 공사를 해주셨을 때, 수도관을 외부로 하나 따놓았고, 하수관은 기초적인 설비 작업을 어깨너머로 배운 J가 해보겠다며 자신 있게 나섰다.

J는 평소에 YouTube 채널로 D.I.Y 만들기나 집짓기 영상을 자주 찾아서 본다. 하나에 빠지면 그에 관련된 모든 영상을 찾아보는 듯하다. 그중 하나가 이 콘크리트 오브제이다. 한창 콘크리트 오브제에 빠져 열심히 영상을 보더니, 자기도 따라 해보고 싶었나 보다. 하고 싶은 건 직접 꼭 해봐야 직성이 풀리는 J다. 공사 자재를 주문할 때, MDF 합판을 함께 주문해서 뚝딱뚝딱 세면대 틀을 만들었다. 그 틀 안에 시멘트 반죽을 붓고, 적당한 위치에 크기에 맞는 배관을 꽂아놓는다. 그렇게 며칠을 천천히 굳힌 후에 합판을 조심스레 떼어내면 된다.

처음에 J가 이것을 만든다고 했을 때는 반신반의했지만 막상 완성된 모습을 보니 그럴듯했다. 사실 나는 콘크리트 오브제의 차가운 느낌이 싫어서 별로라고 생각했는데, 그 위에 따뜻한 색을 입히면 그만인 것이다. 실외에서 간단히 사용하기에는 아무 문제가 없어 보인다. 특히 세면대 하나에 십만 원대를 웃도는 가격을 생각하

왼쪽 위_ MDF 합판으로 틀을 만들어 시멘트 반죽을 부어놓고 기다린다.
오른쪽 위_ 마르기를 기다린 후 틀을 떼어내면 콘크리트 세면대가 완성된다.

면 더더욱 그러했다.

완성된 콘크리트 세면대에 오리지널 방수 코팅제를 칠하고, 페인트로 곱게 색을 칠했다. 그러고는 콘크리트 세면대 아래를 시멘트 블록으로 받치고 배관을 앉힌 다음 방부 구조목으로 틀을 잡아 꽤 멋진 야외 세면대를 완성했다. 상판은 안채 철거할 때 나온 주방 문의 발판이었다. 검게 변한 색이 마음에 들어서 보관해두었다가 사용했다. 옆집 할망도 건너와서 구경하시더니 요망지게('똑똑하다', '야무지다'의 제주 사투리) 잘해놓았다고 칭찬해 주셨다.

한 치의 틈도 없다

힘들고 지치는 일들의 연속이었던 보일러 작업을 마치고, 본격적으로 벽체 작업에 들어갔다. 인간은 역시 망각의 동물이라고, 조금 전까지만 해도 보일러 바닥 작업이 가장 어렵다고 생각했던 나는 벽체 작업을 시작하자 이내 벽체 작업이 세상에서 가장 힘든 일처럼 느껴졌다. 얼핏 보면 참 간단하고 쉬운 일처럼 다가올 수도 있다. 하지만 실제로 일을 하다 보면 여러 가지 변수가 참 많기도 하다. 특히나 우리 집처럼 100년 가까이 된 제주집의 경우에는 더더욱 그렇다. 요즘 새로 지은 집들처럼 벽면이 모두 반듯하다거나 90도로 각이 맞는다거나 하면 비교적 일이 쉬울지도 모르겠다. 하지만 옛사람들은 울퉁불퉁한 것의 멋을 알았던 것인지, 어느 구석 하나 반듯하질 않다.

가장 먼저, 각목을 잘라 합판을 고정시킬 수 있도록 상을 치는 작업을 했다. 위에서 말했듯이 어느 한구석 반듯한 면이 없어서 애를 먹었다. 벽이 반듯하면 천장이 울퉁불퉁하다. 대들보와 서까래 중 노출시킬 부분을 남기고 그걸 기준으로 상을 치려니 치수가 들쑥날쑥 자기 마음대로다.

가장 어려운 부분은 아무래도 안채 골방이었다. 집의 다른 부분들은 오랜 세월을 지나오면서 조금씩 보수되어 반듯해진 부분이 있었다. 하지만 이 골방은 100년 전

태초의 그 모습을 그대로 간직하고 있었다. 다시 말하자면, 흙과 돌로 쌓아 올린 벽이 그대로 남아 있었다는 말이다.

J가 상을 치는 작업을 하는 동안, 나는 먼저 마무리된 부분에 스티로폼을 끼워 넣는 작업을 했다. 이 스티로폼이 단열에 효과가 좋다고 한다. 방법은 상을 친 각목의 치수를 줄자로 재고, 스티로폼을 그 모양과 크기에 맞춰 자른 후, 각목 사이에 끼워 넣으면 된다. 너무 작게 자르면 헐렁해서 자꾸 빠져나오고, 너무 크게 자르면 애초에 들어가지를 않으니 정확한 치수대로 자르는 것이 중요하다.

스티로폼을 모두 끼워 넣은 후에는 바로 우레탄 폼 작업에 들어간다. 아주 작은 틈새까지도 모두 막아야 제대로 된 단열 효과가 있기 때문이다. 각목 틀과 스티로폼 사이사이 모든 틈새에 우레탄 폼을 쏜다. 예전 우리 살림집(바깥채)을 공사할 적에는 잘 몰라서 스티로폼만 끼워 넣고 말았는데, 추운 겨울을 보낸 J가 단열에 대해 열심히 공부를 했다. 이제 J는 한 치의 틈도 없다. 힘들게 스티로폼을 끼워 넣었지만 작은 틈이라도 있으면 단열에 큰 효과가 없다고 한다.

우레탄 폼 작업을 할 때는 폼이 마르기 전까지 엄청 끈적거리기 때문에 되도록 만지거나 몸에 닿지 않는 것이 좋다. J는 이 작업을 하면서 머리며 팔이며 옷이며 여기저기에 묻히고 와 머리카락을 얼마나 잘라내고, 옷을 얼마나 버렸는지 모르겠다.

위__ 각목으로 상을 대어준다.
아래__ 스티로폼을 잘라 단열 작업을 한다.

스티로폼과 각목 사이의 틈을 우레탄 폼으로 막아준다.

쉬어가는 텃밭과 │ 개 손님 이야기

공사를 하는 내내 나는 빨리 텃밭을 가꾸고 싶단 생각에 마음이 계속 마당 텃밭 자리에 가 있었다. 틈만 나면 J에게 텃밭, 텃밭 노래를 불렀다. 하지만 공사 자재들이 여기저기 놓여 있었고, 흙이며 돌이며 잔뜩 쌓여있어 당장 텃밭에 흙을 고르고 터를 만들기는 힘에 부쳤다. 그러던 어느 날, J의 호주 유학 시절 친구 프란체스코가 놀러 왔다. 우리 집에 머무는 동안 우리도 잠시 쉬어가면서 작은 일들을 처리하기로 했다. 그렇게 고대하고 고대하던 텃밭 만들기가 시작되었다.

프란체스코의 도움으로 마당을 정리하고, 마당 한편에 작은 텃밭도 만들었다. 가늘지만 무럭무럭 자라고 있는 후박나무를 한쪽 구석에 남겨두고 텃밭을 만들었다. 그렇게 완성된 나의 작은 텃밭에는 바질 씨앗도 뿌리고, 오일장에서 사 온 모종들을 옮겨 심었다. 상추, 치커리, 파프리카, 방울토마토 등등. 흙이 어찌나 좋은지, 모든 식물들이 무럭무럭 무서운 속도로 자랐다.

어느 날, 아침에 일어나 텃밭에 물을 주고 있는데, 마당에 자그마한 강아지 한 마리가 나타났다. 귀가 쫑긋하고, 눈코입이 올망졸망한 것이 여우 같기도 하고 참 예쁘게 생긴 녀석이었다. 이 자그마한 녀석은 뭐가 그리 궁금한지, 집 구석구석을 한참 돌아다닌다. 처음에는 불러도 들은 채 안 하고 쌩 지나가더니, 몇 번 부르니 가까이

다가와 옆에 앉는다. 빨빨거리고 돌아다니기에 목이 마를 것 같아 물을 주니, 잘 마시더라. 힘없이 축축 늘어져 다니기에 배가 고픈가 싶어 물에 밥을 조금 말아 주었더니 순식간에 먹어치운다. 또 나의 텃밭에 무단 침입하여 깻잎을 뜯어먹다가 걸려 혼쭐이 나기도 했다. 어느새 J와 나는 녀석에게 '오잉'이라는 이름을 붙여주었다. 그렇게 해가 저물어도 집에 갈 생각이 없어 보이는 녀석. '어쩌지?' 집에 돌아가라고 일부러 골목길로 데리고 나가 두고 도망 왔는데 녀석은 자기 집인 양 쪼르르 나를 쫓아 돌아온다. '흠.' 집 안에서 저녁을 먹고 있는데, 밖에서 왕왕 짖는 소리가 났다. 다른 개가 왔는가 보려고 J가 나가 보니 마당에 들어오려는 큰 개를 쫓아내는 이 자그마한 오잉 녀석의 소리였다고 한다.

"뭐야… 이 녀석, 여기가 진짜 자기 집인 줄 아나 봐."

저녁밥까지 주면 정말 집으로 돌아가지 않을 것 같아서 일단 밥을 주지 않았다. 그리고 우리는 잠깐 동네 친구네로 놀러 갔다. J와 나는 아직 다른 생명을 돌보기에는 이르다고 생각했다. 그런데 우리는 늘 이렇게 말하곤 했다.

"어느 날 우연하게 길 잃은 강아지나 고양이나 길 잃은 생명이 우리 집에 찾아오면, 그러면 그땐 어쩔 수 없잖아? 운명인 거지."

그렇게 J와 나눴던 이야기를 떠올려보고, 사실 하루 동안 녀석과 이미 정이 들어버려서 '그래! 이제 여기가 너의 집이다!' 결심하고 집에 돌아왔다. 그런데 녀석은 어디에도 보이지 않는다. 아쉬웠다. 많이 아쉬웠다. 이럴 줄 알았으면 저녁밥은 챙겨주고 나갈 걸 생각했다. 후회했는지도 모르겠다. 아쉬워하는 나에게 J는 이렇게 말했다.

"아마 녀석은 세계여행 중인 걸 거야. 여행하는 중에 우리 집에 잠깐 들른 거지. 물도 얻어 마시고, 밥도 얻어먹고!"

살아보지 않고는 | 알 수 없는 것

내벽 단열 작업을 마치고, OSB 작업을 시작했다. OSB란 나무 쪼가리와 톱밥 등을 압축해서 만들어놓은 목재로, 내벽 공사를 할 때 석고보드 안쪽 시공에 이용한다고 한다. 벽의 치수를 재서 OSB를 재단한 후, 목공용 본드와 타카를 이용해 벽면에 고정시킨다.

J가 OSB 작업을 할 때, 나는 이음새 메지 작업을 시작했다. 천장 합판을 치고, 합판이 이어지는 이음새에 메지 테이프(Joint tape)를 붙이고, 핸디코트를 발라 틈새를 메우는 작업이다. 이후에 핸디코트나 페인트 작업을 할 때, 이음새에 금이 가거나 선이 생기는 것을 방지하는 역할을 한다.

OSB 작업이 끝나면, 그 위에 석고보드 작업을 한다. OSB와 마찬가지로 석고보드를 재단하여 OSB 위에 고정시키면 된다. 석고보드는 합판보다 재단하기가 쉽다. 칼로 쓱쓱 그어 손으로 잡고 힘을 주면 칼질 선에 맞춰 톡! 하고 부러진다.

골방의 석고 작업까지 끝내고 나니, 새삼 골방의 변한 모습에 감회가 새로웠다. 아궁이를 때던, 빛 한 줄기 들어오지 않던 골방이 이렇게 변하다니 정말 신기하다. 처음의 모습이 전혀 상상이 가지 않았다.

작은 부분까지 공들여 틈을 메웠다.

석고 작업을 마무리하고 나면, 그 이음새에 또 메지 작업이 필요하다. 석고보드 사이사이의 틈을 메우는 작업이다. 감쪽같아 보이기 위해서 꼭 필요한 메지 작업. 넓고, 반듯한 부분은 작업하기가 수월했지만, 굴곡진 부분은 테이프를 하나하나 작게 잘라 붙여야 해서 시간이 오래 걸렸다. 테이프를 붙이고 나서, 그 위에 핸디코트를 예쁘게 발라준다. 예전에 살림집을 공사할 때는 아무것도 몰라서 손가락으로 누르고 펴고 했는데, 이제는 제일 작은 고무 헤라를 이용하는 기술이 생겼다. 모서리 부분이나 작은 틈을 메꿀 때는 아주 작은 고무 헤라를 이용하면 매우 편하다. 이렇게 공을 들여 작업을 하면 감쪽같이 틈이 사라진다.

공사를 이쯤 진행하고 보니, 바뀐 집의 모습이 참 신기하고 낯설게 느껴졌다. 별다른 고민 없이 무모하게 시작한 일이었지만, 실제로 눈에 보이는 것들이 바뀌어가고, 그럴듯한 집의 형태를 보이고 있는 것이 그저 신기하기만 했다. 몇 달 전만 해도 내가 제주에서 이렇게 집을 고치며 막노동을 하고 있을 거라곤 상상도 하지 못했는데 말이다. 삶이란 참 알다가도 모르겠는 미묘한 것이란 생각이 들었다. 직접 살아보지 않고는 절대 알 수 없는 것. 마냥 걱정만 하며 넋 놓고 흘려보내기에는 삶은 너무도 빠르다.

고스란히 │ 내 땀과 정성이

집 내벽은 석고 마감을 한 부분과 흙벽 상태를 그대로 둔 부분이 있었다. 흙벽 부분은 흙이 울퉁불퉁하게 발라진 느낌을 그대로 살려 보이고 싶었다. 그래서 흙벽 위에 하얀색 핸디코트를 얇게 덧바르기로 했다. 그러나 흙 위에 바로 핸디코 트를 바르면 흙이 그대로 묻어나 흙색이 올라오기 때문에 어떻게 하면 좋을까 방법 을 고민해보았다.

그러던 중 '한지와 함께 핸디코트를 발라보면 어떨까?' 하는 아이디어가 떠올랐다. 닥종이 인형이라든가, 한지로 된 벽지나 바닥 마감 같은 데에서 힌트를 얻었다. 흙 벽 위에 한지를 여러 겹 붙이고, 핸디코트에 젯소를 섞어서 발라보았다. 흙색이 많 이 올라오지 않았다. 이렇게 1차 작업을 하고, 완전히 마른 후에 2차로 핸디코트를 한 번 더 발랐다. 그렇게 기존의 울퉁불퉁한 벽의 느낌은 살리면서 깔끔한 하얀색 벽면이 완성되었다.

나머지 벽면에도 핸디코트를 펴 발랐다. 예전에 우리 살림집 공사를 할 적에는 핸 디코트가 내 맘대로 잘 발리지 않아서 혼자 열이 받아 울며 뛰쳐나갔던 일이 있다. 그때는 몸도 힘들고, 계속되는 공사로 마음도 많이 예민해져 있던 탓인지 작은 일 하나 제대로 하지 못하는 나 자신에게 화가 많이 났던 것 같다. 아니 어쩌면 나를 챙

기는 것보다 공사에 더 집중해있던 J에게 서
운했었는지도 모르겠다. 그런데 이제는 조금
익숙해졌는지, 기술이 생겼는지 전보다 쉽게
작업을 할 수 있었다. 아니면 고생 아닌 사서
고생을 하면서 어쩌면 그 사이에 마음이 좀
더 자랐는지도 모를 일이다. 조금 울퉁불퉁
하거나, 맘처럼 매끈하게 발리지 않는다 해
도 나는 울면서 뛰쳐나가지 않았다. 울퉁불
퉁해도 충분히 예쁘다고 생각했다. 내 땀과
정성이 벽 위에 고스란히 발린 것이라고 생
각했다.

핸디코트가 굳으면 매끈하게 마감이 되지
않고, 울퉁불퉁하고 삐죽한 부분이 있기 때
문에 사포질을 해야 한다. J가 방진마스크를
쓰고, 열심히 사포질을 해서 매끈한 벽을 만
들었다. 그렇게 J는 핸디코트 가루를 하얗게
뒤집어쓰고 하르방이 되어 나타났다. 이렇게
벽 위에 J의 땀과 정성도 고스란히 새겨졌다.

하얀 가루를 뒤집어쓰고 하르방이 되어 나타난 J

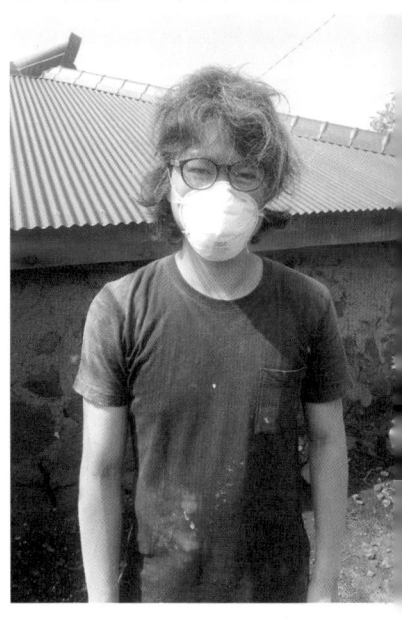

선명해지기까지 | 어렴풋했던 것이

석고보드와 핸디코트를 바른 벽체에 따뜻한 느낌의 밝은색 페인트로 마감하기로 했다. 먼저 내가 붓으로 벽의 모서리 부분과 롤러가 닿지 않는 부분을 칠하면, J가 나머지 부분을 롤러로 힘차게 밀어 페인트를 칠했다.(친환경 내부 페인트를 사용했다.) 롤러가 안 보일 정도로 힘차게 발라야 한다.

벽은 생각했던 것보다 더 깔끔하게 완성되었다. 가장 골칫거리였던 골방이 가장 먼저 완성되었다. 색감도 우리가 원했던 것 그대로 나왔다. 흰색 계열에 은은하게 붉은빛이 도는 따뜻하고 편안한 색이다.

세면실의 벽은 노오-랗게 칠했다. 약간 겨자색이 감도는 노란색이다. 그리고 나는 그 위에 그림을 그리기 시작했다. 정말 오랜만에 커다란 페인트 붓 대신 가느다란 붓을 잡았다. 그림이 생각했던 대로 나오지 않아서 아쉬웠지만, 그래도 고생했다 내 손아. 물감이나 페인트를 만진 날이면 나의 손은 항상 얼룩덜룩하다. 손이나 앞치마만 보면 내가 제일 일을 많이 한 사람 같다.

페인트 작업을 하면서 전기 작업도 함께 진행되었다. 전기구, 스위치, 콘센트 등을 설치하는 작업이다. 집 철거를 하며 나온 동그란 옛 스위치들을 깨끗이 닦아서 다

시 사용하였다. 몇 개 모자라 네모난 스위치를
구해서 달았는데 나름 귀여운 모양이다.

여름이 다가오면서 해는 길어졌고, 시간 가는
줄 모르고 일을 하다 보면 어느덧 저녁 8시가
되어 있었다. 해가 길어지면서 머릿속에 어렴
풋하던 것들이 점점 선명해지고 있었다. 마치
아무것도 뚜렷하지 않았던 공사 초기의 집이
점점 바뀌어 벽이 세워지고, 페인트가 칠해져
집의 꼴을 갖추게 되었듯이 말이다.

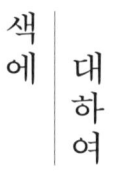

색에 대하여

외벽을 칠하는데 마음에 드는 색이 나오질 않아 몇 번이고 다시 칠하던 중이었다. 처음에 선택했던 아이보리도 우리가 생각했던 그 색이 아니었고, 계속해서 마음에 드는 색이 나오질 않아 자칭 '조색의 여왕'이었던 나의 입이 '삐죽' 나와 있었다. 자신감을 잃고 모든 의욕도 잃어가고 있었다. 그러자 J가 색을 만들어보겠다며 나섰다. J가 만든 색으로 칠해보니 신축건물의 느낌이 난다. 흠, 이건 아니다. 그 후로 몇 번이나 여러 가지 색을 섞어보았다. 그렇게 몇 번의 시행착오 끝에 드디어 마음에 드는 색을 만들었다. 연보랏빛이 감도는 미색이다. '조색의 여왕' 타이틀을 되찾을 수 있었다.

창고 건물(현재는 카페 공간이 되었다.)은 고민 끝에 옅은 잿빛과 초록이 감도는 푸른색으로 정했다. 너무 가볍지도, 그렇다고 너무 무겁지도 않은 묘한 느낌의 색이다. 안채를 정리하면서 나온 옛날 싱크대의 색을 보고 저런 색이면 좋겠다고 생각했다. 열심히 조색해서 칠하고, 위의 테두리 부분은 갈색으로 칠했다. 그 후에 매직 스펀지를 이용해 문양을 만들어 하얀색 페인트로 도장처럼 쾅쾅 찍었다.

색이란 참 희한하다. 말이 '아' 다르고, '어' 다른 것처럼, 비슷한 색이어도 약간 붉은빛이 도는가, 푸른빛이 도는가 하는 미묘한 차이에 따라 그 색이 주는 느낌은 확연히 달라진다. 어떤 공간에 들어갔을 때, 마음이 편하고 불편하고의 차이는 여러 가지 이유가 있겠지만 그 공간이 품은 색의 영향이 크다고 생각한다.

무작정 눈에 잘 띄고, 화려한 색으로 공간을 꾸미는 것은 당장에 집중을 받을 수는 있겠다. 하지만 주변 환경, 사람들과 어우러져 오랜 시간을 함께하기에는 좋은 방법이 아닌 것 같다. 주변 대부분의 것들이 무난하고, 비슷비슷한 색과 모습인 시골 우리 마을의 풍경을 보면서 또 한 가지 배우는 하루였다.

왼쪽_ 어렵게 마음에 드는 색을 찾아 외벽을 칠했다.
오른쪽_ 창고 건물 위쪽에는 도장을 만들어 문양을 찍었다

삐뚤빼뚤해도 │ 괜찮아

바깥에 작은 창고가 있었다. 내부가 하나로 이어진 자그마한 건물을 반으로 나눠 남자화장실과 샤워실을 따로 만들기로 했다. 화장실은 원래 창고에 나 있는 새시 문을 그대로 사용하고, 샤워실 문은 새로 내야 했다. 이제 벽을 뚫어 출구 하나 내는 것쯤이야 아무것도 아닌 J였다. 수직과 수평을 잡아 문을 낼 곳에 기리(드라이버에 연결해 벽에 구멍을 뚫는 공구)로 구멍을 뚫고, 연필로 선을 긋는다. 그라인더를 이용해 그은 선을 따라 오린다. 그러고는 정과 망치를 이용해 벽을 부수면 된다.

"벽 뚫는 것쯤이야!" 하며 큰소리를 친 J지만, 더운 날씨에 땀을 뻘뻘 흘리며 일하는 모습은 여전히 안쓰러웠다. 구멍을 다 내고는 무슨 스릴러 영화에나 나올 것 같은 포즈를 취하고 승리자의 포즈라며 사진을 찍어달라고 했다.

그 옆에서 나는 J가 부순 창고 벽의 파편을 보고 참 예쁘다고 생각했다. 그래서 벽의 조각을 주워 모아 페인트로 색칠하기 시작했다. 그림도 그렸다.

삐뚤빼뚤하지만 이 또한 그대로 매력이 된다.
삐뚤빼뚤해도 괜찮아.

위_ 승리자(?) J
아래_ 삐뚤빼뚤한 매력

마음이 가는 문

옆에서 주워듣는 노가다 서당개 8개월의 경력으로, 문을 만들 때는 고려해야 할 것들이 참 많다. 우선 문틀을 세울 때, 수직과 수평을 잘 봐야 한다. 수직, 수평이 맞지 않으면 문이 계속 한쪽 방향으로 쏠려 열리거나 잘 닫히지 않는다. 그리고 문틀의 치수를 정확히 재고, 아래위 양옆으로 약간의(5~10mm) 여유를 주어 문을 제작해야 한다. 추후에 문이 아래로 처지거나 뒤틀려 문틀에 맞지 않게 되는 것을 고려하는 것이다. 외부에 나무 문을 쓸 경우 비와 햇빛에 의해 많이 뒤틀리게 될 것을 미리 염두에 두어야 하는 것도 중요한 포인트이다.

안채 뒤쪽 현관의 중문은 현관의 공간이 그리 넓지 않아 양문형으로 만들기로 했다. 합판 앞뒷면을 재단한 후, 가운데 각목을 대고 사이에 스티로폼을 넣어 조립하면 된다. 윗부분에는 작은 유리창을 내기 위해 구멍을 냈다. 문에 넣을 유리는 유리 삼촌께 부탁하니, 바로 재단해서 가져다주셨다. 지금 생각해보면, 공사할 때 우리는 참 사소한 일들로 많이 다툰 것 같다. 문에 유리창을 내느냐 마느냐를 두고도 한참을 실랑이를 벌였다. 그만큼 작은 부분 하나하나 신경 쓰지 않은 곳이 없다. 문을 어떤 색으로 칠할 건지도 한참을 고민한 끝에 내가 좋아하는 파란색으로 결정했다. 다시 생각해봐도 그때 J를 이겨 파란색으로 칠한 건 정말 잘한 것 같다.

바깥 샤워실의 문에 낸 유리창은 안채 한쪽 구석에 있던 오래된 문에서 유리를 잘라 사용했다. 마찬가지로 나무 합판과 스티로폼, 각재를 이용해 문을 만들었고, 외부용 오일 스테인을 여러 번 덧바른 후, 외부용 초강력 바니시를 칠했다. 그랬더니 무슨 고급 목문처럼 되었다. 의도치 않게 너무 고급스러워 보여서 당황했다.

작은방의 알루미늄 미닫이문은 원래 문을 버리고 새로 만들자니 아깝고, 그대로 쓰자니 집과 어울리지 않아 한참을 고민했다. 일단 나무와 가까운 색으로 칠해보기로 했다. 칠해놓고 멀리서 보니 정말 나무 문 같기도 했다. 거기에 무언가 포인트를 주기 위해 스테인드글라스 물감으로 유리창 부분에 그림을 그렸다. 격자를 그려 넣고, J와 사이좋게 한 칸씩 나눠서 그림을 그려 넣었다. 낮에는 현장 작업, 밤에는 이러한 야간작업이 이어졌다. 하나씩 알록달록 그리다 보니 꽤나 마음에 드는 문이 완성되었다.

처음에 안채를 정리하다가 큰방의 안쪽에서 나무로 된 미닫이문도 하나 나왔다. 조금 부서지긴 했지만, 고쳐서 다시 사용하기로 했다. 부러진 문살 부분에 나무를 얇게 잘라 보수하고, 약해진 부분을 보강했다. 하나하나 사포질하고, 먼지를 닦아내고, 비슷한 색감의 스테인으로 칠했다. 그다음에 하얀 창호지를 붙였더니, 엄청 예쁜 문이 완성되었다.

직접 만든 다른 문들도 좋지만, 가장 마음이 가는 문이다. 마치 이곳의 오랜 날들을 모두 품고 있을 것만 같다. 가만히 들여다보면 문이 만들어진 방식도 참 예스럽고 소중하다. 못 하나 쓰지 않고 하나하나 끼워 맞춰 만들어진 문이다. 문 하나를 만드는 데에도 얼마나 많은 시간과 정성을 쏟았는지 알 수 있다. 오랜 세월이 지났는데도 여전히 튼튼하게 제 몫을 톡톡히 한다. 이 문처럼 오래되어 낡아 보이고, 조금 촌스러울지라도 만든 이의 손길이 느껴지는 소중함을 오래오래 간직하고, 가치 있는 삶을 살고 싶다.

왼쪽_ 창문 하나로도 한참 실랑이를 벌였다.
오른쪽_ 파란색 양문형 중문

의도치 않게 고급스러워진 샤워실 문

이곳의 오랜 날을 품은 듯 예스럽다.

작은방 알루미늄 미닫이문

눈에 밟혀서 | 초록의 풀이

우리가 카페 공간으로 꾸민 창고는 J가 유독 많이 신경을 쓰고, 공을 들인 공간이다. 무슨 이유에선지 J는 이 창고에 많은 애착을 가졌고, 덕분에 정말 마음에 드는, 기분 좋은 공간이 만들어졌다. 창고의 내부 천장 작업을 시작했는데, 처음에는 창고 안으로 비집고 들어와 푸르게 뻗어나가고 있는 넝쿨이 보기 좋아서 천장을 있는 그대로 노출시키려고 했다. 하지만 슬레이트 지붕을 바로 노출하자니 여름에는 너무 덥고, 겨울엔 또 너무 추울 것 같아서 결국에는 천장 작업을 하게 되었다.

우선, 합판을 고정시켜줄 각목을 사이사이에 하나씩 고정하고, 스티로폼으로 단열 작업을 한 후에 합판을 재단하여 각목 상에 고정시켰다. 그러던 중 유독 넝쿨이 예쁘게 자리 잡고 있는 부분이 눈에 띄었다. 저 부분을 그대로 간직하고 보이게 만들면 좋겠다는 생각이 들었다. "저 부분을 살리면 어떨까? 투명한 유리나 아크릴 같은 걸로 막아서 말이야." 나는 얘기했고, J는 그러겠노라고 했다. 나는 주로 이런저런 아이디어들(때로는 정말 얼토당토않은 것들)을 이야기했고, J는 그것을 현실로 만들어냈다. 그리하여 내가 말한 부분을 남겨두고, 나머지 부분은 합판으로 작업을 완료했다.

왼쪽_ 넝쿨이 보이는 천장
오른쪽_ 마음에 쏙 드는 천장 조명이 만들어졌다.

천장은 J가 '젠틀 바나나'라고 부르는 색으로 칠하고, 천장을 받치고 있는 기둥과 합판 사이의 틈을 가리기 위해 청록색의 몰딩을 만들어 붙였다.

마지막 남은 문제의 그 부분. 내가 툭 하고 내뱉은 말을 현실로 만들기 위해 J는 고민했다. 고민 끝에 유리는 무거워서 어려울 것 같고, 아크릴로 해야겠다 싶어 동네 철물점과 문구점을 돌아보았다. 하지만 크기가 작은 아크릴 판이 전부였다. 아쉽지만 작은 것이라도 공수하여 J는 너무도 멋진 투명 천장을 만들었다.

처음에는 투명창 너머로 보이는 초록의 넝쿨이 생명의 에너지를 전해주는 것 같아 참 좋았다. 그런데 공사를 진행하며 시간이 흐를수록 초록의 잎들은 점점 시들어갔고, 하나둘 떨어지기 시작했다. 그걸 지켜보며 마음이 좋지 않았다. 그러나 모든 시련은 전화위복이 될 수 있다고 했던가. 넝쿨이 다 떨어져 텅 비어버린 저 천장을 어쩌면 좋을까 고민하다가 이렇게 해보기로 했다. 육지에서 공수해온 조화들과 탁구공으로 조명을 만들어 넣었다. 그랬더니 마음에 쏙 드는 천장 조명이 만들어졌다. 처음에 생각했던 대로 초록의 잎들을 볼 수 없어서 아쉽긴 했지만, 넝쿨의 줄기와 몇몇 살아남은 건강한 잎들이 사이사이에 보이는 것을 위안으로 삼았다.

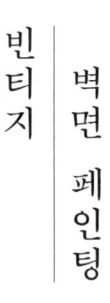

빈티지 벽면 페인팅

우리 집에서 아티스트를 맡고 있는 J가 예술혼을 담아 창고 벽면에 빈티지 페인팅 작업을 했다. 무슨 색으로 어떻게 칠하면 좋을까, 어떻게 칠해야 멋지고도 편안한 공간이 될까 한참을 고민한 J는 "내게 맡겨!"라고 자신 있게 말했다. 그렇게 무려 3일에 걸쳐 창고 내부 페인팅 작업이 시작되었다.

첫째 날, 벽을 온통 병아리색으로 칠해놓았다. 꼼꼼히 칠하지도 않아서 기존의 시멘트벽이 그대로 보인다. 흠. 괜찮은 걸까?

둘째 날, J가 수건을 들고 나타났다. 병아리색 벽에 하늘빛의 페인트를 마구 묻히더니 수건으로 열심히 문지른다. 오호? 어제의 벽과는 차원이 다르다. 예쁘다. 하늘 같기도 하고 바당('바다'의 제주 사투리) 같기도 한 예쁜 빛깔의 벽이 되었다.

나는 이대로도 참 좋았다. 산뜻하고 청량한 느낌이었다. 그러나 J는 빈티지한 느낌을 살리고자 하였다. 셋째 날, 세 번째 색이 더해졌다. 역시나 또 수건으로 열심히 문지른다. 이번에는 붉은빛의 짙은 나무색이다. 열심히 박박! 문지른다. 나도 잠깐 시도해봤는데 어려웠다. 뭔가 기술이 필요해 보였다.

오른쪽_ 둘째 날, 두 번째 색을 칠했다.
왼쪽 아래_ 셋째 날, 붉은 나무색을 칠했다.

붉은 나무색이 더해지면서 빈티지한 느낌이 확 살아났다. 이튿날의 청량한 느낌은
사라졌지만, 조금 더 포근해진 느낌이다. 맨도롱 또똣한('적당하게 따뜻한'의 제주
사투리) 느낌. J는 만족스러워했고, 나 역시 그러했다. 꽤나 좋은 느낌의 공간이 만
들어지고 있었다.

이 벽에 대한 에피소드 하나. 우리 옆집 할망은 매일 저녁 5~6시쯤이면 저녁 식사
를 마치고, 마실 겸 슬슬 우리 집 구경을 하러 넘어오곤 하셨다. 오늘은 무얼 했는지
물어보시곤 잘했다며 칭찬도 해주시고, 이건 못났으니 아사버리라('없애버리라'의
제주 사투리)는 등의 여러 평가를 해주시곤 했다. 그런데 이 창고 벽을 다 칠해놓은
어느 날, 할망이 여느 날과 같이 저녁 식사를 마치고 넘어오시더니 벽을 보고 이렇
게 말씀하셨다.

"아이고, 그래. 이제 여기 창고도 거의 다 햄꾸나! 이제 벽 뺑끼칠만 하면 되겠구
나!"

하하하. 할머니, 이거 페인트칠 다 한 건데요….

카리브해 연안의 | 흙집

마당에 있는 작은 창고를 화장실과 샤워실로 만드는데, 화장실과 샤워실 공간을 분리하기 위해 벽을 세우는 작업이 필요했다. 방부목을 이용해 상을 세우고, 그 상에다 OSB 합판을 잘라 양쪽에 붙여주었다. 그 위에 방수 석고를 재단하여 탕탕 박아주면 공간이 분리된다.

원래 창구멍이 크게 나 있던 자리에는 창 크기를 줄이기 위해 주문한 새시 크기에 맞게끔 블록을 쌓아 미장을 했다. 그리고 구석구석 필요한 부분도 미장을 했다. 자그마한 창고가 손이 갈 곳이 은근히 많았다.

이전에 벽을 부수어 만들어낸 샤워실의 문구멍에 문틀을 만들어 올리고, 사춤 미장을 했다. 그러고 나서 밟고 올라가기 편하게 작은 계단을 하나 만들었다. 안채를 정리하다가 발견한 작은 판석 한 장을 깔고, 테두리에 자갈을 박아 넣었다.(며칠 후, 여기에서 우리의 또 다른 사서 고생이 시작된다.)

이 작은 건물의 외벽은 작은 포인트가 되었으면 하는 생각에 붉은 흙색으로 칠했다. 칠해놓고 보니 꼭 카리브해 연안에 있을 법한 흙집 같아 보였다. 오! 남미의 순박한 농부 같은 모습의 나의 남편 J.

위＿ 작은 창고를 반으로 나누어 화장실과 샤워실을 만들었다.
아래＿ 외벽은 카리브해 연안의 흙집 같은 색으로 칠했다.

삼다도표 | 돌길

바람 많고, 여자 많고, 그리고 돌이 많아 삼다도라고 불리는 제주. 그래서 인지 집 공사를 하며 여기저기에 돌을 참 많이도 사용했다. 화장실 앞 자그마한 계단에 J가 아무 생각 없이 박아 넣었던 조그마한 돌멩이들을 보고, 나는 '몹쓸' 아이디어가 마구 샘솟았다. 또 다른 사서 고생을 할 참신한 아이디어.

앞마당에 뺑 둘러 다닐 디딤길을 만드는데, 자갈을 퍼다 깔아봤지만 영 마음에 들지가 않았다. 고민을 하던 중에, J가 화장실 앞에 만들어놓은 작은 돌계단을 보고 영감을 얻어 그를 데리고 조약돌이 많이 쌓여 있는 계곡으로 갔다. 제주는 어디든 조금만 가면 돌이 많이 쌓여있다. 동글동글한 조약돌이 많이 있는 곳에 가서 적당한 크기의 돌들을 골라 주워왔다. 이왕이면 동글동글 예쁜 녀석들로 골랐다. 그리고 근처 석재상에 가서 판석을 구해왔다. 부정형 판석, 혹은 난석이라 불리는 모양의 판석이다.

먼저 깔아놓은 자갈을 다시 거둬들였다. 힘들지만 조금이라도 더 마음에 드는 공간을 만들기 위해서는 어쩔 수 없었다. 때마침 나의 대학 동기 BK가 도움이 필요한 적당한 시기에 놀러 왔다가 큰 도움을 주고 갔다.

위_ 돌멩이를 구해오고 판석을 깔았다.
아래_ 판석 사이 공간에 돌멩이를 박았다.

석재상에서 배달 온 판석을 한 장 한 장 깔아보았다. 모양이 제각기 다르기 때문에 하나하나 모양을 잘 맞춰서 놓아야 한다. 판석을 깔은 후, 보통은 판석 사이 간격을 좀 더 좁게 해서 줄눈을 넣고 마무리하면 끝인데, 우리는 다르게 만들기로 했으니 일이 더 많았다. J와 BK가 판석을 마당에 깔아놓는 사이에 나는 주워온 돌맹이들을 크기와 모양별로 분류했다.

시멘트 반죽을 조금 묽게 해서 판석 사이사이 공간을 메꿨다. 간격이 넓으니 시멘 트도 꽤나 많이 들어간다. 게다가 날도 무지 더웠다. 나는 열심히 반죽을 퍼서 붓고, J는 흙손(미장을 하는 도구)을 이용해서 다듬었다. 하루 종일 걸린 것 같다. 그리고 바깥 샤워실 앞 작은 계단에서 나온 '몹쓸' 아이디어가 바로 여기서 등장한다. 주워온 돌맹이들을 시멘트가 굳기 전 판석 사이 공간에 하나하나 박는 것이다. 처음에는 아무 생각 없이 시작했는데, 하다 보니 허리도 아프고, 다리도 아프고, 덥고, 돌맹이도 엄청 많이 들어간다. 점점 지쳐갔지만 그래도 포기하지 않고 끝까지 꾹꾹 눌러 넣었다. 간격이 큰 부분에는 돌맹이로 문양을 만들어 박았다.

비가 오면 빗물이 잘 빠질 수 있도록 띄어쓰기 같은 물길을 내고, 디딤길을 완성하는 데 하루가 꼬박 걸렸다. 다 해놓고 보니, 돌맹이를 천여 개쯤 박은 것 같다. 사서 고생한 만큼 꽤나 만족스러운 작품이 만들어졌다. 그냥 자갈길로 두었어도 될 것을 내 요구대로 다시 고생해준 J와 놀러 왔다가 삽질에, 판석 나르기에 고생해준 BK에게도 참 고맙다.

초록의 잔디 | 장마의 시작

　　　공사를 시작할 무렵부터 내가 노래를 부르던 잔디 심는 날이 왔다. 하루 빨리 잔디를 심고 싶어서 J를 졸랐지만, 공사자재들을 놓아야 하고, 계속 왔다 갔다 다녀야 해서 아직은 안 된다고 했다. 하지만 점점 장마가 가까워오자 마음이 급해 졌는지 드디어 잔디 심기를 허락해주었다.

잔디를 심기 위해서는 마당의 흙을 먼저 골라주어야 한다. 잡초들을 뿌리째 뽑고, 돌멩이를 걸러내고, 다져진 흙바닥을 전체적으로 한 번 뒤집어준다.

잔디를 사러 나갔다. 요새는 잔디가 잘 자라지 않아 구하는 것도 쉬운 일이 아니라고 했다. 원래는 금잔디(제주 잔디보다 좀 더 곱고, 빽빽이 자라 잡초가 잘 자라지 않는다고 한다. 하지만 더 빨리 자라서 자주 깎아줘야 한다.)를 심으려고 했지만 금잔디를 취급하는 곳을 찾지 못했다. 그래서 결국 제주 잔디를 심게 되었다.(제주 잔디가 금잔디의 절반 가격이다.) 가까운 고산에 가서 잔디 삼촌이 갓 떠낸 따끈따끈한 잔디 200장을 사 왔다.

잔디 심을 준비를 마치고 나니 날이 쨍쨍했다. 장마가 시작되기 하루 전날이었다. 간격을 띄우고 잔디를 심으면 자라면서 퍼진다고 하여 그렇게 심으려고 했는데 내

위_ 마당의 흙을 모두 골라주었다.
아래_ 장마가 시작되기 전에 잔디를 깔았다.

생각보다 마당이 좁았나 보다. 촘촘히 잔디를 놓아도 모자라지 않았다. 한 장씩 깔고, 한 장 한 장 흙을 약간씩 파서 덮어주는 방식으로 심으면 된다. J가 흙을 파면 내가 잔디를 깔고 흙을 덮었다. 그 위에 모래나 석분을 덮어주면 잡초가 자라지 않고, 잔디가 더 빨리 퍼진다고 한다. 하지만 우리는 모래를 새로 사기가 애매해 그냥 두었다. 시기 좋게 장마가 시작되어 물 주기에 따로 신경을 쓰지 않아도 돼서 편했다.

잔디를 깔면 잡초도 자주 뽑아야 하고, 자라면 깎아줘야 하는 등 관리가 쉽지는 않겠지만, 그래도 주택의 매력은 잔디마당이 아닌가 싶다.

비를 막아주지 않는 데크

카페 창고 옆 꽤 널찍한 자리에 작은 야외 데크(Deck)를 하나 만들기로 했다. 잔디 깔기에 이어서 내가 잔뜩 기대해온 작업이다. 데크를 만들려면 골조와 상을 잡는 것이 우선되어야 한다. 퍼걸러(Pergola) 지붕 작업을 하는데, 크기가 크기인 만큼 꽤나 무게가 나갔다. 이 무거운 것을 우리 둘이서 어떻게 들어 올리나 걱정했는데, 나의 남편 J는 예상외로 꽤 똑똑했다. 벽 쪽의 기둥을 먼저 세워 벽에 고정시키고, 퍼걸러 골조의 한쪽 끝을 벽에 고정시킨 기둥에 걸친 후, 다른 한쪽에서 들어 올려 기다란 나무를 받쳐 고정시켰다. 똑똑하다. 수직을 맞춰 기둥을 세우고 흙을 많이 파고, 기둥 아래에는 벽돌로 받친다. 나무에 흙이 닿지 않게 하기 위함이다. 나무가 흙에 닿아 있으면 금방 썩어버리기 때문이다. 그리고 나머지 부분은 시멘트를 부어서 고정시킨다.

데크 바닥의 상을 만드는 작업은 간격을 일정하게 하여 수평을 맞추면서 상을 대고, 중간중간 촘촘하게 상을 받친다. 그래야 밟고 다녀도 끄떡없다.

상에 풀칠을 하고, 데크제를 한 장 한 장 올려 타카 총으로 탕탕 박는다. 그리고 피스(나사못)로 하나하나 다시 고정시켜야 한다. 피스로 잡지 않으면, 시간이 지나면서 나무가 쉽게 뒤틀려 금방 너덜너덜해진다고 한다. 생각보다 피스를 엄청 박아야

왼쪽 위_ 똑똑한 방법으로 데크 지붕을 올렸다.
왼쪽 가운데_ 나무가 뒤틀리지 않게 나사못으로 고정시켰다.
오른쪽 아래_ 햇볕과 바람이 드나드는 멋진 데크가 완성되었다.

해서 작업을 끝내고 나니 손목이 무지 아팠다.

천장 빗살 작업은 손이 정말 많이 가는 작업이었다. 나무를 같은 길이로 하나하나 재단하여 같은 간격으로 조립해야 한다. 스테인과 바니시 처리를 하는 것도 구석구석 신경 써서 칠해야 해서 힘이 들었다. 빗살에 마감 처리를 한 후에 데크 천장에 올렸다. 마지막으로 데크 전체 기둥과 바닥에 스테인과 바니시로 마감 처리를 하면 끝이다.

나는 데크가 햇볕이 잘 들고, 답답하지 않은 공간이 되었으면 좋겠다고 생각했다. 그래서 천장을 막아서 그늘을 많이 만들려는 J에 반대하여 빗살로 천장 만들기를 고집했다. 내가 고집부린 대로 1/3은 그늘, 2/3는 빗살 천장이 되었다. 비가 오면 데크 공간을 제대로 이용할 수가 없어서 불편하지만, 나는 여전히 햇살과 바람이 드나들고 때때로 비가 내리는 우리 집 데크가 참 좋다.

타일 │ 작업

　　화장실과 샤워실의 벽과 바닥에 타일 붙이는 작업을 했다. 타일은 우리 살림집을 공사할 때 조금 붙여보긴 했는데 그때와는 차원이 달랐다. 그때는 큼지막한 타일에, 벽 아래 절반 부분만 했지만 이번에는 100X100의 자그마한 타일로 벽 전체와 바닥을 다 시공해야 했다. 과연 잘 해낼 수 있을까 걱정이 많았다.

먼저 바깥 샤워실부터 시작했다. 평평한 면에는 타일 본드를 이용해서 붙이고, 울퉁불퉁한 면에는 압착용 시멘트를 이용해서 부착했다. 본드를 넓게 펴서 바른 다음 타일을 한 장 한 장 붙였다. 수직과 수평을 맞춰 선 하나를 그어놓고 하면 편하다. 요즘은 보통 레이저 수평을 띄워놓고 작업하지만, 장비가 없으면 선을 그으면 된다. 이가 없으면 잇몸이다.

줄눈 간격은 보통 타일 작업 시에 쓰는 것을 사지 않고, 남는 장판을 잘라 이용했다.(우리는 한 푼이라도 아껴야 했다.) 바닥 타일 시공을 할 때는 경사면을 잘 잡아서 배수구로 물이 잘 빠지도록 하는 것이 중요하다. 그리고 줄눈 작업은 백시멘트를 개어서 타일 사이사이의 틈에 넣어주고 스펀지로 닦아낸다.

바깥 화장실은 물이 사방으로 튈 일이 없어 아랫부분만 타일을 붙였다. 마름모 모

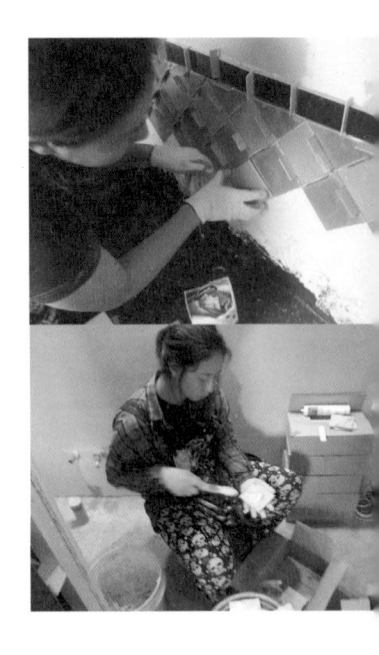

어느 곳 하나 손길이 닿지 않는 데가 없다.

양으로 타일을 시공하기 위해 크기와 모양을 맞춰야 해서 J가 일일이 그라인더로 타일을 잘랐다.(타일 커터기를 이용하면 쉽게 자를 수 있다고 하는데, 우리는 늘 사서 고생이다.)

안채 샤워실은 내가 직접 고른 하늘색의 타일로 작업했다. 색이 어찌나 예쁘던지 타일 한 장 한 장 모두 같지 않고, 조금씩 다른 느낌이어서 더욱 좋았다. 벽면이 평평하지 않기 때문에 한 장씩 압착 시멘트를 발라 붙였다.

타일 작업을 하면서 J와 얘기하길, 왜 업자들이 큰 타일을 선호하고, 추천하는지, 되도록 하얀 타일을 쓰는지 이해할 것 같다고 했다. 작은 타일로 시공한다면 시공비를 더 받아야 할 것 같다는 생각도 들었다. 타일을 공들여 하나하나 붙여놓고, 며칠 후 줄눈 작업을 해야 한다. 타일 크기가 작을수록 채워야 하는 줄눈도 많아진다. 이 수많은 줄눈을 채우면서 '내가 왜 이렇게 작은 타일을 골랐을까?' 얼마나 많이 후회했는지 모른다. 가장 마지막에 했던 안채 샤워실 타일 작업을 할 때쯤에는 우리 둘 다 꽤나 지쳐있었다. 밤이 늦도록 줄눈 작업이 계속되었다.

공사를 하는 동안, 살아오면서 무심코 지나쳐온 사소한 것 하나하나를 다시 생각하게 되었다. 타일 작업을 해보기 전까지만 해도 하루에도 몇 번씩 드나드는 화장실이 어떻게 만들어졌는지, 어떤 사람들의 어떤 노력이 들어갔는지 한 번도 제대로 생각해본 적이 없다. 타일 한 장을 붙이는 데에도 얼마나 많은 과정이 필요하고, 얼마나 많은 것들을 고려해야 하는지 말이다. 타일뿐만 아니라 집 안 곳곳의 모든 것들이 그러했다. 어느 공간이든 누군가의 손길이 닿지 않고 만들어진 곳은 없다는 것을 깨달았다. 그렇게 작은 것 하나하나에 눈길을 주고, 생각해보는 자세가 생겼다. 집을 고치면서 단순히 기술만 생기는 것이 아니라, 주변을 둘러보고, 사소한 것 하나도 깊이 생각해보고, 아끼는 마음까지 배워가고 있었다.

남향의 문 | 볕이 잘 드는

새시를 주문해 시공할 자리를 손보고, 시공하는 것을 거들면서 보니, 창문 하나 바꿔 다는 데 손 가는 데가 참 많기도 하다. 창틀과 새로 맞춘 창이 딱 맞아떨어지면 좋겠지만, 그런 일은 일어나지 않았다. 혹여 딱 맞아 보여도 눈에 보이지 않는 틈은 분명히 존재한다. 그런 작은 틈으로 개미 녀석들은 줄기차게 드나들 것이다. 하물며 바람은 우리 눈에 보이지 않는 틈 사이로도 힘차게 비집고 들어온다. 이러한 이유로 창틀에 나무로 몰딩을 돌리고, 틈마다 실리콘으로 처리하는 작업이 필요하다. 겨울철 웃풍이 들지 않도록 하기 위해서도 꼭 필요한 작업이다.

보통은 기성제품으로 만들어져 판매되는 몰딩을 많이 이용하지만 우리는 사서 고생 중이기 때문에 몰딩도 직접 제작했다. 길이에 맞게 재단하고 얇게 켠 나무를 스테인으로 칠하고, 창틀에 끼워 넣어 풀칠하고, 타카로 고정시키면 된다. 나무로 몰딩을 다 돌린 후에는 창틀과 나무 몰딩 사이에 실리콘을 쏜다.

안채 현관문도 새로 주문한 새시 문으로 바꿔 달았다. 문을 바꾸고 나니 어찌나 어색하던지, 우리 집이 아닌 것만 같고, 100년 가까이 된 집이 새집 같아 보였다. 원래 있던 문보다 창이 넓어져서 밖도 환하게 잘 보여서 좋다. 남향의 집이어서 현관문으로 볕이 참 잘 든다. 겨울에 볕이 드는 거실에 앉아있으면 참 따뜻하겠다.

몰딩으로 작은 틈까지 잡아준다.

꽃천지 | 어쩌다 보니

내가 없는 사이에 J가 1.5인용 의자를 하나 만들어놓았다. 예전에 버려진 팔레트를 주워 만들었던 선반과 안채 정리할 때 나온 여러 가지 나무들을 이용해서 만든 의자였다. 사실 바짝 붙어 앉으면 J와 함께 앉을 수 있으니 사이가 가까운 2인 용 의자라고 할까? 두 명이 딱 달라붙으면 충분히 앉을 수 있는 너비이다. 육지에서 돌아온 나는 이 귀여운 의자를 보고 좋긴 한데 뭔가 허전하다고 생각했다. 잠시 고민하다가 의자 등판에 그림을 그리기 시작했다.

분명 낮에 시작했건만 그리다 보니 해가 졌고, 달이 두둥실 떠올랐다. 달빛 아래서 야간작업을 계속했다. 다음 날 의자의 팔과 다리에 진한 스테인을 칠해주니, 마음 에 쏙 드는 빈티지 나무 의자가 완성되었다.

나무로 만든 보일러실 문에는 일명 '귤 꽃 평화'의 그림을 그려 넣었다. 간단해 보이 지만 그리는 데 꽤 오랜 시간이 걸렸다. 제주의 상징인 귤을 중심에 둔 Peace(평화) 그림이 만들어졌다. 조금 밋밋하고, 생동감이 부족해 보이는 안채 건물에 꽃 그림 을 그려 넣으니 훨씬 사랑스러운 느낌의 집이 되었다.

또 다른 어느 날, 나는 다시 붓을 잡았다. 파이프로 달아준 물받이를 어두운 고동색으로 칠했더니, 따뜻한 느낌이 부족해 보였다. 그래서 처마 아래에 그림을 그려보기로 했다. 하필 그날은 매우 더웠고, 해가 쨍쨍 났다. 엄마에게서 빼앗아온 모자를 쓰고 열심히 그림을 그렸다. 금방 끝날 것 같던 그림 작업은 생각보다 오래 걸렸고, 장장 8시간에 걸쳐 꽃 그림을 완성했다. 그날 저녁에 어깨와 목덜미가 어찌나 아프던지.

완성하고 보니, 문에 그려진 평화의 그림과 처마 아래 그림이 꽤 잘 어울렸다. 빨간색 꽃은 꼭 겨울이면 제주 곳곳에 흐드러지게 피어나는 붉은 동백꽃을 닮았다.

아마도 새로 지어 올린 신축건물이었다면, 이렇게 마음껏 그림을 그려 넣지는 못했을 것이다. 오래된 집을 손수 고치면서 구석구석 신경 쓰고, 깊이 들여다보고, 내 마음대로 그림도 그려 넣을 수 있어서 참 감사하다는 생각이 들었다. 공사를 마치고 나중의 어느 날, 우리 집 사진을 본 어떤 이는 말했다. "시골 할머니 집을 손녀가 예쁘게 꾸며놓은 것 같아요." 그 얘기를 듣고, 그래 딱 그런 느낌의 집. 따뜻하고, 애틋하고, 다정한 공간이 되었구나 생각했다.

만능｜남편

이제 웬만해선 못 하는 것이 없는 나의 남편 J에게 변기와 세면기를 설치하는 일은 일도 아니었다. 우리의 살림집 공사 때만 해도 여기저기 실수가 많아 물이 똑똑 세는 곳이 있었다. 그러나 실수는 한 번이면 충분하다.

바깥 화장실은 타일 바닥이어서 비교적 쉽게 변기를 설치할 수 있었다. 수평을 맞추고, 변기의 아랫면을 타일 바닥에 시멘트로 고정시킨다. 그리고 위에 수도를 연결해서 탱크를 얹으면 완성이다.

세면대는 긴 다리 세면대로 사 왔다. 먼저 높이에 맞춰 세면대를 고정할 앵커볼트 구멍을 뚫고 위치를 잘 조율한 후 세면대 다리를 바닥에 시멘트로 고정시킨다. 다리 위에 세면 볼을 얹고, 앵커볼트를 조여 벽면에 고정시킨다.

안채 화장실은 건식으로 만들기 위해서 장판을 깔기 전에 시멘트 바닥에 변기를 먼저 앉혔다. 세면대는 마음에 드는 세면 볼을 사 와서 나무로 하부 구조를 만들고 위에 얹었다. 수전과 배수관을 연결하면 완성된다. 세면대 하부 목구조는 공사자재로 쓴 각목과 합판의 남은 자투리를 이용해서 만들었다.

변기는 물론 세면대 설치까지 이제 못 하는 게 하나도 없는 남편 J를 보며, 이 사람
과 함께라면 지구 어디에 가서도 굶어죽진 않겠다는 생각이 들었다. 비록 지금처
럼 함께 사서 고생을 하게 되겠지만 말이다. 그렇게 얘기하는 나에게 J는 "너와 함
께여서 나도 이렇게 뭐든 할 수 있는 거야."라고 말해주었다. 참 다정한 사람과 결
혼했다.

테이블 만들기

제주에 사는 지인이 이사하면서 정리한 짐 중 쓸 만한 것을 몇 가지 챙겨왔다. 그중에 오래된 좌식 탁상이 하나 있었다. 그런데 니스로 매우 두껍게 코팅이 된 상태였다. 이 탁상을 손봐서 거실에 놓을 조그만 좌식 탁상으로 쓰면 좋겠다고 생각했다. J는 열심히 탁상을 사포질해서 두꺼운 코팅 막을 벗겨내고, 나무를 각각 분해했다. 다시 마음에 드는 모양으로 조립하고, 스테인을 칠해 예스러운 고가구의 느낌이 나게 만들었다. 안채 거실에 딱 어울리는 탁상이 만들어졌다.

카페에 놓을 테이블도 같은 모양으로 두 개 만들었다. 구조목을 이용해 상다리를 만들어 조립하고, 나왕 집성목으로 상판을 재단해 칠한 후에 다리 위에 올려 조립했다. J가 구조를 만들어두면 나는 스테인과 바니시칠을 했다.

왼쪽_ 카페에 둘 커다란 테이블 두 개
오른쪽_ 오래된 탁상을 활용해
거실 탁상을 만들었다.

주워온 │ 주방 후드

어느 날, J가 밖에 나갔다가 이상한 물건을 하나 주워왔다. 이게 뭔가 들여다보니 주방에 설치하는 환풍기 후드였다. 원래는 조그맣고 뱅글뱅글 돌아가는 환풍기를 벽에 달 예정이었는데, J가 싱크 공장에 들렀다가 안 쓴다고 한쪽 구석에 쌓아놓은 후드를 하나 얻어온 것이다.

J는 곧 이 후드를 전부 뜯어서 해부하기 시작했다. 하나하나 해부하더니 나무로 상을 대고 판을 자르고 구멍을 뚫고 바빠 보였다. 벽에 상을 고정시키고, 해부한 후드를 다시 하나하나 조립하여 설치했다. 후드 겉면을 가릴 나무판자를 재단해, 스테인과 바니시칠을 한다. 그리고 미리 만들어놓은 나무틀에 붙였더니 꽤 그럴싸한 주방 후드가 완성되었다. 나름 조명도 들어오고 좋다. 더울 때 연기 나는 요리도 해 먹을 수 있겠다. 야호!

나무 커버로 덮으니 그럴싸한 주방 후드가 되었다.

제주 바다를 담은 싱크대

카페 공간에 들어갈 싱크대를 만들기로 했다. 정면을 보며 요리할 수 있도록, 벽에 붙이지 않고 앞으로 빼는 스타일을 원했다. 가장 먼저, 상을 만들어 수평을 맞추며 조립한다. 그리고 J의 야심작을 위해 싱크대 가운데 부분 전면에 유리 삼촌네서 얻어둔 큰 유리창을 사용했다.(맞다. 안채 뒤 현관문으로 업-사이클링해서 사용했던 그 창문이다.) 유리창을 반으로 잘라, 싱크대 앞면의 가운데 부분으로 사용했다. 나머지 부분은 합판을 재단해 붙이고, 상판은 싱크 자리와 레인지 자리를 따고 상 위에 올렸다. 상판은 비싸고 튼튼하다는 멀바우(Merbau) 목재를 저렴하게 구해서 사용했다.

기본이 완성된 싱크대에 스테인과 페인트를 칠하고, 상판은 도마 오일을 발라 마감했다. 이런 작업은 생각보다 많은 인내심이 필요하다. 한 번에 끝나지 않고, 여러 번 덧발라야 하기 때문인데, 그 사이사이에 충분히 말려주어야 해서 오랜 시간이 걸린다. 충분히 마르도록 기다리지 않고, 급한 마음에 서둘러 작업하다 보면 마감 처리가 제대로 되지 않아 나중에 고생한다. 덧바르기 전에 사포질도 꼭 해야 한다. 사포질을 하지 않고 바로 덧바르면 거칠거칠한 표면이 된다. 일할 때는 귀찮더라도 조금만 더 신경 쓰고, 한 번만 더 손길이 가면 완전히 다른 결과를 얻을 수 있다. 세상 많은 일들이 그러하듯 말이다. 쉽게 얻은 것과 마음이 닿은 것은 다르기 마련이다.

J의 야심작. 제주 바다를 담았다.

싱크대 가운데 부분에 유리 창문을 하나 달고, 그 안쪽에 동네 바다에서 주워온 모래와 조개껍질, 뿔소라껍질, 돌멩이, 마른 장미를 넣었다. 안에 호스 모양의 LED 조명도 함께 넣었다. 제주 바다를 담아놓은, 세상 어디에도 없을 근사한 싱크대가 완성되었다.

조명 | 만들기

하나부터 열까지 손수 고치고, 만들어 쓰다 보니 조명 하나까지도 허투루
달 수 없었다. 조명 매장이나 인터넷에서 손쉽게 사다가 달 수 있는 조명은 더 이상
우리 눈에 차지 않았다.

J와 나는 각자 하나씩 카페 공간에 달 조명을 만들어보기로 했다. J는 주특기인 나
무를 이용해서 등을 만들었다. 동네 철물점에서 사다 둔 마끈 직물과 나무를 이용
해 꽤 그럴싸한 조명을 만들어냈다. 화려하지 않으면서 따뜻하고 정감 가는 모양
이다.

나는 공구를 이용하지 않고 만드는 쉬운 쪽을 선택했다. 육지에 올라갔을 때 고속
터미널에서 사온 철장 식물에 그동안 조금씩 말려두었던 작은 꽃송이들을 붙이고,
조화와 커튼을 만들고 남은 꽃무늬의 작은 천 조각들을 매달았다. 작은 숲 속에 놓
인 새장을 연상시키는 사랑스러운 조명이 만들어졌다. 각자를 꼭 닮은 조명을 하나
씩 만들어 나란히 달았다.

위_ J가 만든 조명
아래_ 내가 만든 조명

감나무가 한 그루 있었어요

　　마당 한쪽에 오래된 감나무 한 그루가 있었다. 집 공사를 할 때 어쩔 수 없이 감나무를 베어내야 했다. 그런데 오랜 세월 그 자리를 지켰을 나무의 흔적을 모두 없애버리기엔 아쉬웠다. 그래서 잘라낸 감나무의 가지를 조금 남겨두었다. 어느 날, J가 한쪽 구석에 두었던 그 나뭇가지를 주섬주섬 꺼내더니 멋진 벽 장식을 만들었다. 거기에 내가 말려둔 미니 장미를 하나씩 꽂으니, 무지 로맨틱한 장식이 되었다.

어느 하나 허투루 쓰지 않고, 귀하게 여기며, 오랜 것의 흔적이라도 남겨두려는 그 마음이 참 어여쁘다. 이 공간을 찾는 많은 이들과 감나무를 추억할 수 있어서 참 좋다. 종종 이 벽 장식을 보고 궁금해하는 손님에게 "이 집 마당에 감나무가 한 그루 있었어요." 하며 이야기를 시작한다.

드디어 장판 까는 날

드디어 장판을 까는 날! 정말 집 같아지는 날. 장판 까는 일은 익숙하지 않고, 곧바로 눈에 잘 띄는 작업이라 걱정이 많았다. 업자에게 맡길까 생각도 했다. 하지만 공사를 해오면서 무모함이라는 게 극에 달해 있었다. 익숙하지 않은 일일지라도 무작정해보는 용기가 생긴 것이다.

제주시 화북 단지에 있는 장판 도매상점에 가서 장판을 구매했다. 소매상에서 사는 것보다 저렴하게 구매할 수 있다. 방과 거실의 모양과 크기를 실측해서 가면 빠르게 계산하여 사 올 수 있다. 계산해보니 대략 30m가 나와서 한 롤을 사 왔다. J의 차는 코란도 밴인데, 물건을 나르기에 트럭만큼 편하진 않지만, 가능은 하다.

장판은 보기보다 훨씬 무거워 차에서 안채까지 옮기는 데 J가 엄청 고생했다. 장판의 이음새는 '깜쪽이' 용착제를 이용해서 '감쪽같이' 붙이면 된다.

골방, 큰방, 작은방, 세면실, 바깥채에 이어서 마지막으로 거실까지 장판을 모두 깔았다. 진짜 집이 완성된 기분이었다. 장판을 다 깔기도 전에, J는 반쪽만 깔아놓은 거실 바닥에 점프해 뒹굴뒹굴했다. 정말 집 같다며 둘이서 장판 위에 마주 앉아 행복해했다. 이제 정말 끝이 보였다.

위_ 장판 한 롤. 보기보다 무겁다.
아래_ 장판을 깔다 말고 드러누운 ↲

침대 만들기

큰방과 바깥 창고 방에 들어갈 침대를 짜는 작업을 했다. 침대는 방마다 4개씩 총 8개를 만들었는데, J는 어떻게 하면 최대한 편한 동선으로 편하게 머물 수 있는 침대를 만들지 몇 날 며칠 고민했다. 인터넷으로 찾아보며 관련 자료는 최대한 많이 찾으려고 노력했다. 그렇게 고민만 하길 며칠째, 드디어 작업을 시작했다.

침대를 짤 구조목과 상판으로 쓸 집성목을 주문했고, J는 천천히 그러나 망설임 없이 계산해놓은 대로 구조목을 자르고 조립했다. 집의 천고가 높지 않아서 2층 침대를 짜는 데 머리를 많이 써야 했다. 1층과 2층에 놓을 매트리스의 크기가 서로 다른 것도 고려해야 했다. 틀을 조립하고 나서, 1층에는 이케아에서 사온 침대 갈빗살을 깔고, 2층에는 삼나무 집성목을 상판으로 올렸다. 상판을 올리고 나서 2층 침대에 올라가 보았다. 천장이 낮아 불편하면 어쩌나 걱정했는데, 오히려 시선으로부터 자유롭고, 아늑한 공간이 되었다. 각 자리마다 서로 다른 느낌을 갖는 공간이었다.

바깥 창고 방은 길쭉한 모양이어서, 가운데에 2층으로 올라가는 널찍한 계단을 두고, 양옆으로 2층 침대가 나란히 놓인 구조로 만들었다. 이 방에 묵어가는 사람들은 항상 계단이 편하다고 얘기한다. 특히 아이들이 참 좋아하는데, 방문을 열고 2층 침대가 보이면 "꺅꺅!" 소리치며 좋아한다.

위_ 자리마다 다른 느낌의 공간이 되었다.
아래_ 가운데 계단을 두어 오르기 편하다.

비 | 애
포 | 프
앤 | 터

지금 와 다시 돌아보아도 참 길고, 어렵고, 힘든 날들이었다. 많이 다투고 울고 그리고 웃고 사랑했다. 그 지난한 과정을 다시금 기록하면서 순간순간의 감정과 배움을 되새기고, 마음을 다스리는 시간이 되었다.

'공사의 대장정'을 마친 후에도 집은 세월과 함께 조금씩 변해가고 있다. 새로 칠해 반짝이던 외벽에 흙먼지가 날아와 묻고, 바람이 묻고, 봄 내음이 묻어 더욱 멋있어진다. 시골 마을에 있는 오래된 집이다 보니 공사를 마치고 나서도 계속해서 손봐야 할 곳이 참 많았다. 어찌 보면 바쁜 도시에서보다 시골에서 사는 것이 좀 더 부지런해야 하는 것 같다.

남편 J는 천성적으로 잠시도 가만히 쉬지 못하는 사람이다 보니, 잠깐 눈에 안 보인다 싶으면 어느새 밖에 나가 뚝딱이며 무언가 새로 만들고 있다. 시골에 산다는 것은 이런 재미가 있는 것 같다. 완벽하지 않아도 괜찮으니, 내 손으로 무언가 뚝딱뚝딱 만들 수 있다는 것. 멋지거나 근사하지 않아도 괜찮다. 누구도 못났다고 타박하지 않는다. 직접 땀 흘리고, 손에 흙먼지 묻히며 해볼 수 있는 것, 살아볼 수 있는 삶. 이것이 나와 J가 시골에서 살고 있는 가장 큰 이유가 아닐까 싶다.

이 집에서 숙박업을 시작했고, 걱정했던 것보다 이 작고 조용한 마을에 많은 사람들이 찾아주었다. 사실, 유명하고 화려한 관광지가 없는 이런 마을에서 게스트하우스를 하면 누가 찾아올까 걱정이 많았다. 그러나 역시 진심은 통하는 법이었다. 블로그를 통해 공사 과정을 함께 지켜보고, 응원해주던 사람들이 하나둘 찾아왔다. 그들과 그동안의 이야기들, 여긴 어땠고, 저긴 어떻게 고쳤고 하는 공간에 대한 이야기를 함께 나눌 수 있어서 참 좋다.

나의 오랜 친구들은 이 공간을 보고 '나를 많이 닮은 공간'이라고 얘기한다. 기분이참 좋다. 날 닮은 공간이라니, 직접 손으로 일구어 나를 닮은 공간을 만들고, 좋아하는 사람들과 함께 공유할 수 있다는 것은 참 행운이라고 생각한다.

하지만 언제나 방심하지 않으려 노력한다. 이 공간에 많은 시간과 공을 들였지만, J와 나는 이 공간이 온전히 우리의 것이라고는 생각하지 않는다. 소유하려 들면 얽매이기 마련이다. 100년도 넘게 이 땅을 지키고 서있던 오래된 집을 우리가 소유한다는 건 말이 되지 않는다. 그저 잠시 머무는 것뿐이다. 마음에 욕심이 꼬물꼬물생기는 날이면 늘 되새기는 말, "머물다 가자." 그리고 더 재미있고, 의미 있고, 가치 있는 일들을 계속해서 해나가자고 생각한다.

1. 안채 큰방

집 전체에서 내가 가장 사랑하는 공간이다.
천장 상태가 가장 좋지 않아서 작업을 할 때는 고생이 많았지만,
공들여 고쳐놓고 보니 참 편안하고 사랑스러운 공간이 되었다.
가끔 손님이 없는 날에는 이 방에서 혼자 시간을 보내곤 한다.

2. 골방

가장 골칫거리였던 골방이 가장 아늑하고 평온한 방이 되었다.
창문이 작아서 밝지 않은 방이지만,
이 방을 찾는 대부분의 사람들은 잠을 아주 잘 잤다며 좋아한다.

3. 작은방

아마도 예전 집주인은 집에 손님이 오면 이 방을 내어주지 않았을까?
알록달록 그림을 그려 넣은 문을 '드르륵' 열고 들어서며
'진짜 여행'이 시작되는 기분이 들었다고 누군가는 말했다.

4. 거실

거실에 가만히 앉아 둘러보면 우리가 고생했던 순간들이 고스란히 떠오른다.
아픈 어깨를 부여잡고 천장 작업을 하던 일, 오래된 문을 닦고, 고쳐서
새로이 만들던 일, 장판을 깔고 좋아하던 J의 모습까지도.

5. 화장실, 샤워실

여행할 때 게스트하우스에서 묵었던 경험을 떠올려
화장실과 샤워실을 분리해서 만들었다.
여럿이 함께 사용하는 공간에서는 화장실과 샤워실을
따로 나누어 쓸 수 있는 것이 편리하다.

6. 세면실

예전 집의 주방 자리였던 공간에 벽돌을 쌓아
화장실과 샤워실을 만들고, 세면 공간도 따로 만들었다.
결코 크지 않은 집이지만 구석구석 놓치지 않고 공간을 활용했다.

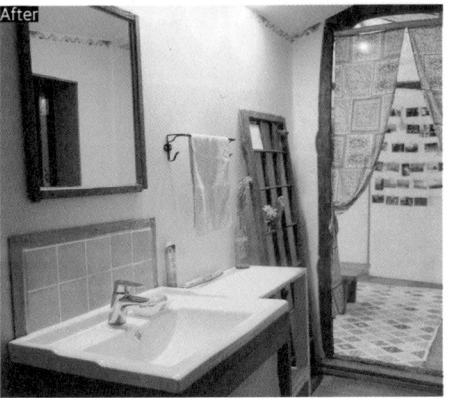

7. 창고 카페

J가 가장 공을 들인 공간.

빈티지하게 칠한 벽면과 제주 바다를 담아놓은 싱크대가 포인트이다.

여름이면 유리창 너머로 초록의 담쟁이가 흔들린다.

8. 바깥 창고 방

2층 침대 두 개를 길게 나란히 두고,

그 가운데에 계단을 두었더니 일반적이지 않고 재미있는 구조가 되었다.

가끔 아이 손님이 오면 이 방을 보고 홀딱 반해 행복한 비명을 지른다.

그 모습에 나도 같이 행복해진다.

9. 바깥 화장실, 샤워실

바깥 화장실과 샤워실도 가운데에 벽을 세워 공간을 구분했다.
바깥에 있는 탓에 아무래도 겨울 추위에 취약하고,
비 오는 날에도 불편하지만 이런 게 시골집의 매력이 아닐까 싶다.

10. 데크와 외관

공사 전 창고를 뒤덮고 있던 담쟁이를 떼어내야 해서 아쉬웠는데,

1년도 채 되지 않아서 다시 새파랗게 뒤덮였다. 강인한 녀석들.

반가운 손님이 찾아오면 카페 앞 나무 데크에 앉아 뉘엿뉘엿 넘어가는

오후의 햇살을 받으며 반가운 이야기를 나누는 시간이 참 좋다.

11. 안채 정면

오래되어 낡고 허름했던 집이 새 옷을 입었다.
하지만 우리는 알고 있다.
오랜 세월 한자리에서 묵묵히 서있던 이 오래된 집이 진짜라는 것을.
우리는 그저 살짝 손보고 꾸며서 새 옷을 입혀준 것뿐이라는 것을.

12. 웨딩사진

오래된 집 앞에 너와 내가 서있다.
다른 계절, 다른 시절에 한결같은 모습으로.
이 오래된 집이 제주의 거센 바람과 지난한 세월을 견뎌왔듯이
우리도 그렇게 살아가자. 묵묵히 그러나 굳건히.

Part 2

오래된 집에
머물다

흙화덕 만들기

J는 하나에 빠지면 그것과 관련된 것만 주야장천 찾아보고, 하루 종일 관련 영상을 틀어놓는다. 그런 J가 이번에는 흙화덕에 빠져버렸다. 사실 그는 공사를 시작할 무렵부터 마당에 반드시 화덕을 만들겠다는 의견을 피력하곤 했다. 길고 긴 공사가 마무리되고, 이제 여유로운 시간을 즐겨보려는 찰나에 J는 화덕 만들기를 기획하기 시작했다.

J는 실제로 화덕을 만들어 본 적도 없으면서 무슨 배짱인지 흙화덕 만들기 워크숍까지 기획했다. 그렇게 흙화덕을 만들기로 한 날이 되었고, 10명 정도의 사람들이 모였다. J는 사람들에게 화덕 만드는 과정을 쉽게 설명하기 위해 그림을 그려 벽에 붙여놓았다.

1. 기초 만들기 : 현무암을 쌓아 기초를 만들고, 그 위에 자갈과 송이석으로 단열층을 만든다.

2. 판석(내화벽돌) 올리기 : 화덕 안의 열을 견딜 수 있는 현무암 판석이나 내화벽돌로 화덕의 바닥을 만든다.

3. 모래 모형 만들기 : 흙으로 화덕을 만들기 위해선 안쪽에 젖은 모래를 둥글게 쌓아 모양을 잡아준다. 그 위에 젖은 종이로 덮어준다.(흙과 모래가 서로 붙지 않도록)

4. 흙 반죽/흙 쌓기/방수 : 흙 반죽은 흙과 모래를 4:6 비율로 하고, 물과 건초(단열, 구조 보강재 역할)

위_ 흙화덕 워크숍에 앞서 준비한 기초 작업. 맨발로 흙을 밟아 반죽했다.
아래_ 흙 반죽을 2단에 나누어 쌓아올린다. 자투리 나무로 만든 흙화덕의 문

를 넣어 반죽한다. 1단으로 흙과 모래 반죽을 쌓고, 그 위에 2단으로 흙, 모래, 톱밥, 짚을 섞은 반죽을 쌓는다. 그리고 흙이 완전히 마른 후에 방수를 한다.

11월 말, 꽤 추운 날씨가 계속되다가 이날은 다행히도 해가 쨍쨍 났다. 맨발로 흙을 밟아 반죽하기에 그리 힘들지 않은 날씨였다. 사람들이 모였고, J의 설명이 끝난 후 우리는 열심히 흙 반죽을 시작했다. 너 나 할 것 없이 양말을 벗어던지고 흙 위에 올라섰다. 발이 조금 시리긴 해도 모두가 즐거워했다. 노래를 틀어놓고, 춤추듯이 빙글빙글 돌면서 흙을 밟았다. 사람들은 이렇게 맨발로 흙을 밟아 보는 것이 어렸을 때 이후 참 오랜만이라고 말했고, 흙이 발에 닿는 느낌이 참 좋다고도 했다.

손과 발에 진흙을 치덕치덕 묻히고, 엄마에게 야단맞으면서도 신나게 놀았던 그

.

어린 시절로 돌아간 것 같았다. 우리는 왜 나이가 들수록 흙과 멀어지는 걸까. 어른들이 이렇게 마음 편하게 누구의 눈치도 보지 않고 흙을 만지며 노는 날이 정해져 있으면 좋겠다는 생각을 했다. 물론 나와 J는 시골에 살면서 텃밭을 가꾸고, 집을 고치며 흙을 만지는 일이 많지만, 도시에 흙 없이 살아가는 많은 어른들을 위해서 말이다.

흙을 2단까지 모두 쌓은 후, 천천히 마르기를 기다린다. 흙이 어느 정도 굳으면 안쪽에서 모래를 조금씩 파낸다. 그리고 또 안쪽에서 불을 조금씩 때우기 시작한다. 그러면서 화덕의 안쪽을 천천히 말리는 것이다. 너무 빨리 말라버리면 벽에 금이 가고, 깨져버리기 쉽다. 조금 오래 걸리더라도 차분히 기다린다.

사실 흙화덕은 외부에 노출된 상태로 만들어놓기에 참 취약하다. 비나 눈이 오면 흙이 다 젖어서 흘러내리기 때문이다. 그래서 보통은 지붕을 만드는데, 바람이 많은 제주에서는 지붕을 만들어도 아마 무용지물일 것이다. 고민 끝에 화덕 위에 방수코팅을 했다. 백시멘트로 흙화덕 위를 덮고, 그 위를 파랗게 칠하고, J가 그림을 그렸다.

봄이 되어 푸릇푸릇 채소들이 자라고 있는 작은 텃밭과 잘 어울리는 작은 화덕이 완성되었다.

위_ 완성된 흙화덕에 방수코팅을 하고 J가 그림을 그려 넣었다.
아래_ 불에 그을린 자국과 주변에 자란 풀이 더 멋진 화덕으로 만들었다.

화덕 피자 파티

사람들과 함께 자연재료를 이용해 만든 화덕에 드디어 피자를 구워보았다. 사실, J와 둘이서 여러 번 시도했는데 시행착오가 많았다. 처음 몇 번은 피자 반죽이 다 익지도 않아서 밀가루 반죽 맛이 나는 피자를 먹어야 했고, 다음 몇 번은 새까맣게 탄 피자를 먹어야 했다.

여러 번의 시행착오 끝에 드디어 그럴듯한 피자를 굽게 된 우리는 사람들을 초대해 피자 파티를 열었다. 화덕을 함께 만든 사람들과 동네 친구들을 초대했다. 사람들이 하나둘 모여 직접 도우를 만들고, 여러 가지 토핑도 올리며 피자를 만들었다. 동네 꼬마 로운이도 난생처음 피자 만들기에 도전했다. 화덕이 작아서 작은 피자를 여러 판 구워야 했다. 작은 피자를 무려 9판이나 구웠고, 모두가 맛있게 즐겼다.

직접 만든 화덕에 직접 만든 피자를 구워 먹으니, 왠지 더 맛있게 느껴졌다. J는 화덕에 불을 때우고 피자를 굽느라 정신없이 바빴지만, 기분은 꽤 좋아 보였다. 그 후로 종종 좋은 날이나, 기념하고 싶은 날에는 화덕에 불을 피우고 피자를 굽는다. 텃밭에 야채가 무럭무럭 자란 어느 날에는 피자 위에 텃밭의 풀들을 듬뿍 올려서 먹기도 하고, J의 부모님이 농사지어 보내주신 고구마를 잔뜩 삶아 고구마 피자를 만들어 먹기도 한다.

왼쪽__ 취향에 따라 토핑을 올린다.
가운데__ 화덕에서 구워져 나오는 피자

안 바쁜 | 말투

어느 날 낮에 대학 친구 녀석한테서 전화가 걸려왔다. 반가운 마음으로 전화를 받았는데, 어쩐 일인지 나에게,

"바빠? 뭐 해?"

하고 묻는 녀석의 말투가 꽤나 바쁜 것 같았다.

"나는 안 바빠. 혹시 네가 바빠?"

하고 물으니, 안 바쁘단다. 내가 다시 물었다.

"그런데 너 말하는 게 왜 이리 바빠?"

녀석이 말했다.

"그럼 너 말하는 건 왜 이리 안 바빠? 야, 도시 사람들은 원래 이렇게 말해."

계속 '안 바쁘게' 말하는 나에게 녀석이 참다못해 소리쳤다.

"야 2배속으로 말해줄래? 왜 자꾸 0.5배속으로 말하는 거야!"

아, 맞다. 녀석은 몇 년 전, 같이 영화를 보러 가던 길에도 내 걸음걸이가 느리다며
투덜투덜 성큼성큼 한참을 먼저 앞서갔다.

전화를 끊고 생각했다. 그래서 내가 제주에서 느릿느릿 잘 사는 거구나.

퇴비 │ 만들기

가능한 지구에 피해를 주지 않는 삶을 살자고 J와 얘기했다. 우리가 무심코 하는 행동 하나하나가 지구를 망가뜨린다는 사실을 더 이상 무시할 수가 없게 되었다. 그래서 요즘 J는 영속농업 설계(Permaculture design)를 열심히 공부하고 있다. 그러한 삶의 방식 중 하나로 집에서 직접 퇴비를 만들어 사용해보기로 했다.

커다란 통에 공기구멍을 뚫어 집에서 나오는 음식물 쓰레기(불, 기름으로 요리하지 않은 것들. 채소 껍질이나 꽁다리)를 잘게 잘라 넣고, 낙엽과 풀, 톱밥, 물을 적당히 넣어 고루 섞어주면 발효가 되어 3~4개월이 지나 훌륭한 퇴비가 된다. 여기에 흙, 기존에 가지고 있던 퇴비, EM 발효액을 조금 넣으면 퇴비 발효에 도움이 된다고 한다.

집에서 먹는 식재료가 모두 유기농이라고 장담할 수는 없다. 그래서 처음 만들어지는 퇴비도 유기농 퇴비는 아니다. 하지만 이렇게 만들어진 퇴비로 작은 텃밭을 일구고 거기서 나온 것들을 먹고, 남는 것들로 다시 퇴비로 만든다. 이렇게 반복하다 보면 언젠가는 양질의 퇴비가 만들어지지 않을까 생각한다.

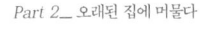

텃밭 으로부터

봄이 되면 뒷마당 작은 텃밭에는 바질 씨앗을 뿌린다. 직접 만든 퇴비를 섞어 텃밭을 일구니 식물들이 무서운 속도로 빨리, 그리고 건강하게 자란다.

여름이면 매일 아침 바질 텃밭으로 간다. 손으로 한 번 훑으면 아찔할 정도로 기분 좋은 바질 향이 마당 가득 풍긴다. 바질을 수확해 페스토를 만들어 파스타도 해 먹고, 빵에도 발라 먹는다. 이맘때면 손님들의 아침 식사도 바질 페스토를 이용한 요리로 준비한다.

앞마당 텃밭에는 각종 채소를 심는다. 집 근처 오일장에 가서 상추, 깻잎, 양상추, 청경채 등의 모종을 사다가 텃밭에 옮겨 심는다. 무럭무럭 잘도 자라서 여름 내내 채소 걱정이 없다.

씨앗이나 모종으로 시작해서 땅의 양분과 물, 바람을 맞으며 자라는 채소는 건강한 먹거리가 된다. 우리 밥상에 올라오는 것들 중 어느 하나 거저 만들어지는 것이 없다는 것을 직접 텃밭을 일구며 이제야 제대로 배운다. 모든 먹거리에 닿은 자연과 어떤 이의 손길이 오늘도 참 고맙다.

위_ 무럭무럭 자란 바질을 수확하는 J
아래_ 여름 내내 채소 걱정이 없다.

어느 날의 일기

공사가 한창이던

이 기나긴 여정에 좋은 날들만을 기대하지는 않는다.

지치고 예민해지다 못해 뾰족한 가시를 세우고 서로에게 생채기를 내려 하는 그런 날들이 이렇게 찾아온다.

시간이 지나면 아물 생채기쯤 아무렇지 않다. 서로의 마음 깊은 곳의 본질을 알고 있다면 문제 될 것 없다.

"나는, 우리는 지금 어디쯤일까?"

그대 한 그루 활엽수여, 그 둥근 잎새 같은 마음으로 나를 안아주오.
뾰족한 아픔들이 돋아나네, 뾰족한 아픔들이 자라나네,
그대여 더 늦기 전에―

♫ 생각의 여름, '활엽수' 중

여행이 시작되는 소리

방문이 '드르륵' 소리를 내며 열리는데,
순간 또 다른 진짜 여행이 시작되는 것 같은 기분이 들었어요.
이곳에 오게 되어 정말 다행이에요.

손님이 말했다.

우리가 '진짜 여행'을 하고 있다고 느끼는 순간은 사실 유명한 관광지나 명소를 배경으로 사진을 남길 때가 아니라, 낯선 곳에서 우연히 맞이하는 일상의 순간들일지도 모른다. 예를 들면, 숙소의 방문을 열며 나는 '드르륵' 소리를 들을 때, 낯선 공기에서 익숙한 햇살을 받으며 눈을 뜰 때, 길을 잃어 들어선 외국의 낯선 골목길에서 천진난만하게 놀고 있는 유치원 아이들을 만났을 때, 인도의 낯선 풍경에서 낯익은 색의 노을을 만났을 때, 눈이 많이 쌓인 북해도의 어느 길에서 서로 손을 꼬옥- 맞잡고 천천히 걸어가는 노부부를 보았을 때.

그린 그린 | 하우스파티

    지구를 아끼는 삶에 대한 고민이 이어지던 어느 날, 사람들과 맛있고 건강한 채식을 나누고 싶다는 생각이 들었다. '그린 그린 하우스파티'라 이름 짓고, 몇몇 사람들과 함께 채식 요리를 만들어 나누는 자리를 가졌다. 많은 사람들이 참여하지는 않았지만, 도란도란 정겹고 따뜻한 시간을 보냈다.

흙화덕에 버섯과 야채를 올린 채식 피자를 굽고, 채소 초밥, 토마토 비빔국수 등 맛있는 요리들을 함께 만들었다. 음식을 먹으면서 평소 우리가 먹는 밥상에 대해서, 우리가 먹는 것들이 환경에 미치는 영향에 대해서 이야기를 나눴다. 고기가 없는 밥상도 충분히 맛있고 건강할 수 있다. 가끔은 이렇게 고기가 없는 식탁도 우리 몸을 위해서, 그리고 지구를 위해서 괜찮지 않을까?

위_ 사람들과 함께 채식 요리를 만들었고,
건강하고 즐거운 식사 시간이었다.
아래_ 식사를 마치고, 이야기와 노래를 나눴다.

애틋한 | 손님들
1

공사를 마치고, 이 오래된 집에 손님을 받기 시작한 지도 이제 곧 2년이다. 그 2년 동안 꽤나 많은 사람들이 다녀갔는데, 그중에서도 유독 더 마음이 가는 애틋한 손님들이 있다.

그림을 그리는 하나 씨는 첫 방문 때 집 안 한쪽 벽에 바다를 그려주었는데, 그때의 연이 이어져 지금은 우리 집에 가장 많이 온 단골손님이 되었다. 하나 씨는 올 때마다 말린 꽃이라든가, 헌책방에서 구한 제주도에 관련된 책이라든가, 나에게 꼭 어울릴 것 같다는 나풀거리는 치마라든가를 한 손에 들고 오는데, 매번 받기만 하는 게 미안하면서도 사랑스러운 선물을 건네는 그 자그마한 손이 참 좋다. 내 동생과 엇비슷한 나이의 하나 씨가 소곤거리며 "다비 씨." 하고 불러주는 것도 참 좋다.

비바람이 몰아치던 어느 날 밤에 야리야리한 여자 손님이 도착했다. 아직 저녁밥을 먹지 못했다는 손님을 비바람이 몰아치는 밤중에 알아서 해결하시라고 밖으로 내보낼 수는 없었다. J와 둘이 먹으려고 차려놨던 저녁밥상에 초대했다. 반찬이 많지 않아서 꽤나 민망하고, 어색하기도 했지만 그래도 함께한 저녁 식사가 좋은 씨앗이 되었는지 혜령 씨는 그 후로도 여러 번 우리 집을 찾았고, 일상 중에도 가끔씩 연락을 주고받는 좋은 친구가 되었다.

장기 | 자랑

연말이면 손님들과 재미있는 모임을 갖는다. 12월 31일 하루는 숙박비 대신 재능기부를 받는다. 몇몇은 함께 먹을 요리를 준비하고, 다른 몇몇은 소소한 장기자랑을 준비한다. 그 장기자랑이라는 것이 참 다양도 하다.

나와 J처럼 기타 연주와 노래를 준비하는 사람도 있고, 좋아하는 시를 낭송하는 사람도 있다. 지금은 오랜 친구 같은 우리 집 단골손님 하나 씨는 그림을 그리는 사람인데, 모임에 참여한 사람들과 한 명씩 이야기를 나누고 원하는 그림을 그려 선물했다. 친구 따라 놀러 온 소희 씨는 자신이 쓴 글을 엮어 독립서적을 출판했는데, 그 책의 한 꼭지를 읽어주었다. 작년 모임에서는 비건 베이킹 강사인 솔지 씨가 여러 가지 채식 요리를 해주어서 함께 나눠 먹었고, 요가 강사인 혜정 씨는 낮 시간을 이용해 간단한 요가 워크숍을 해주었다.

여러 다양한 사람들이 모이니, 참 다양한 나눌 거리가 생긴다.

단골손님 하나 씨가 얘기했다. 좋은 공간에는 좋은 사람들이 모이게 되는 것 같다고. 그 고마운 말에 "좋은 사람들이 모여서 좋은 공간이 만들어졌어요."라고 답하고 싶다.

왼쪽_ 채식 요리를 하는 솔지 씨와 요가 워크숍을 해준 혜정 씨
오른쪽_ 하나 씨가 그려준 J와 나의 캐리커처

애틋한 손님들 2

우리 집은 2~30대의 손님이 대부분인데, 가끔 가족 손님들이 오고, 아주 가끔은 노부부 손님도 찾아오시곤 한다. 한 번은 60대 후반쯤 되어 보이는 노부부가 배낭을 메고 버스를 타고 오셔서 하룻밤 묵어가신 적이 있다. 다녀가시고 얼마 후 우리가 운영하는 홈페이지에 글을 남기셨는데, 신혼 이후 단둘만의 첫 여행이었다고 하신다. 일주일간의 여행에서 제일 행복했던 시간이 이곳에서의 하루였다며, 좋은 추억을 만들어주어서 고맙다는 말을 남기셨다. 사실 여러 사람들과 함께해야 하는 공간이고, 오래된 집이다 보니 시설도 여러 가지로 불편하여 머무시는 동안 혹시 불편하지는 않으셨을까 걱정했는데 이렇게 글을 남겨 주시니 얼마나 다행이었는지 모른다. 서로를 참 애틋하게 챙기며 여행하시는 두 분의 모습을 보고, 우리도 꼭 저렇게 다정한 모습으로 나이 들어서 함께 여행할 수 있으면 좋겠다고 J와 나눴던 대화가 생각난다.

얼마 전 우리 집을 찾은 현녕 씨는 글을 쓰는 사람이었다. 현녕 씨는 그간 써온 글들을 모아 책으로 엮었는데, 그 소중한 책을 우리에게 한 권 선물해주었다. 현녕 씨가 떠나고 가만히 앉아 그 책을 읽어보았는데, 이 사람이 얼마나 힘든 순간들을 보냈는지, 그 시절을 보내며 얼마나 마음이 다져지고 커졌는지 들여다볼 수가 있었다. 현녕 씨와 함께한 시간이 길지는 않았지만 책을 읽으며 그 사람의 속내까지도 들여다보는 기분이 들었다. 어쩐지 그 사람과 아주 가까운 사이가 된 것만 같았다. 그 후로 현녕 씨가 우리 집을 다시 찾았을 때, 우리는 좀 더 깊은 이야기를 나눌 수 있었고, 나는 현녕 씨를 가만히 꼬옥 안았다. 안아주었는지, 혹은 내가 안긴 것인지는 중요하지 않았다. 우리가 어떻게 만났는가 하는 것도 중요하지 않았다. 여행지에서 스치듯 만난 집주인과 손님 사이라도 아무 문제가 없었다. 그냥 아무 말 없이 꼬옥 안을 수 있는 애틋한 사람이 내게 하나 더 생겼다.

now
Be here

나중에 거기 말고
지금 여기에.

운명이라 말하기 | 힘들지도 몰라

J를 만나기 전까지 나는 운명론자였다. 언젠가 내 눈앞에 운명의 남자가 짠! 하고 나타날 거라고 확신하고 있었다. 서로 한눈에 알아차릴 수 있는 그런 운명의 상대가.

그런 내게 J는 말했다.

"그래. 나도 운명을 믿어. 그런데 내가 믿는 운명은 그런 게 아니야. 운명이 되기까진 어느 한쪽의 노력이 필요해. 아무 노력 없이 운명이 될 순 없어."

그리고 어느 날, J와 함께 놀러 간 곳의 방명록에서 예전에 J가 혼자 와서 남기고 간 글귀를 보게 되었다.

'운명이라 말하기 힘들지도 몰라. 하지만, 운명처럼 사랑해도 될까?
2013. 11. 14 다비에게'

아마 그때부터였을 것이다. J를 나의 운명이라 여기기 시작한 것이.

곳자왈에서 직접 찍은 웨딩사진

다정한 할망들

어제는 상추, 오늘은 쪽파, 그리고 내일은 금귤. 하루가 멀다 하고 옆집 할망들이 뭔가를 자꾸 주신다. 겨울엔 귤을, 마늘 철에는 마늘을, 여름엔 텃밭 채소들을, 명절엔 명절 음식을 쟁반 한가득 주신다. 이 조용한 시골 마을의 거의 유일한 '젊은 부부'인 우리는 동네 어르신들의 사랑을 독차지하며 살고 있다. 제주는 섬이라 텃세가 심하다고 들었는데, 텃세는커녕 넘치는 정을 주신다.

우리 양옆 집에는 할망들이 혼자 사시는데, 어떤 날엔 서쪽 집 할망이 장아찌를 담가둔 유리병 뚜껑을 열어달라며 찾아오시고, 하루는 동쪽 집 할망이 텔레비전이 고장 났다며 J에게 도움을 청하신다. J가 가서 보자 전원 코드가 빠져 있어서 꽂았더니 TV가 멀쩡하게 나오더란다. 그리고 하루는 휴대폰이 고장 났는지 켜지지 않는다며 봐달라고 가져오셔서 전원 버튼을 꾸욱- 누르자 멀쩡하게 켜지기도 했다. 우리에게는 너무도 쉬운 일들이 할망들에겐 이제 어려운 일이 되었나 보다.

가끔은 피식 웃음이 날 정도로 별것 아닌 일을 부탁하시며 연신 고맙다고 말씀하시는 할망들이 애달프기도 하다. 그래도 이런 일이든 저런 일이든 문을 두드리며 "새댁", "야!" 하며 불러주시는 다정한 할망들이 참 고맙다.

옆집 할망이 주신 금귤

봉선화 물들이기

여름이면 마당 곳곳에 봉선화가 피어난다. 예쁘게도 핀 봉선화를 보니, 어릴 적 조그마한 내 손톱에 봉선화 잎과 백반을 빻아 조심스레 올려 싸매주던 엄마의 표정이 떠오른다. 혹시나 자다가 빠져서 이불에 묻진 않을까 가슴 위에 두 손을 가지런히 올리고 잠들었던 밤들이 떠오른다. 여름에 들인 봉선화 물이 첫눈이 내릴 때까지 남아 있으면 소원이 이루어진다고 했던가? 아니, 첫사랑이 이루어진다고 했던가? 친구들과 서로 손톱을 보여주며 속닥거리던 사랑스러운 시절이 떠오른다.

어릴 적 추억을 떠올리며 손님들과 거실에 옹기종기 모여 앉아 서로의 손톱에 봉선화 물을 들여 주었다. 어떤 이는 새끼손톱에, 어떤 이는 손톱 두 개, 그리고 J는 손톱이 수줍다며 새끼발톱에 물을 들였다.

가만히 생각해보면 '물들다'라는 말, 참 수줍고도 아름답다. '빛깔이 스미거나 옮아서 묻다.'라고 풀이된다. 그러니까, 봉선화의 그 고운 빛깔이 우리의 손톱으로 스미고, 옮아오는 것이다. 고운 봉선화 빛으로 물든 손톱을 보며, 살면서 스치는 무수한 인연들에 옅지만 고운 빛깔을 물들일 수 있는 삶을 살고 싶다고 생각했다. 그나저나 다들 어떤 소원을 빌었을까? 나도 자그마한 소원 하나를 빌면서 가슴 위에 두 손을 조심스레 올리고 잠이 들었다.

위_ 마당에 핀 봉선화 꽃과 잎을 따왔다.
아래_ 손님들과 모여 앉아 서로의 손톱에 물들여 주었다.

시골 라이프

시골 생활의 어려운 점. 마당, 텃밭의 풀이 너무 빨리 자라 자주 가꿔야 한다. 각종 벌레 및 곤충들이 많다. 집 안 곳곳 보수해야 할 곳이 많다. 강연회, 전시회, 콘서트 등 문화생활을 즐기기 어렵다. 택배 배송료가 항상 더 붙는다. 제주, 도서산간 지역 배송이 안 되는 물건도 많다. 친구, 가족 관계 등이 불현듯 멀게 느껴지는 순간들이 있다.

시골 생활의 좋은 점. 잔디 깔린 마당, 직접 가꾸고 수확할 수 있는 작은 텃밭이 있다. 지네, 풍뎅이, 풀벌레, 나비, 꿀벌, 가끔 반딧불이 등 각종 곤충들을 자세히 관찰할 수 있다. 집 안 곳곳 내 마음대로 칠하고, 고치고, 만들어볼 수 있다. 바다, 숲 등 자연 속에서 온전히 나를 위한 시간을 가질 수 있다. 쓸데없는 지출을 줄이고, 꼭 필요한 것만 구매하게 된다. 너무 많은 것에 얽매이지 않는다.

어디에서 살든 내 마음먹기 나름이다. 각자에게 더 마음먹기 좋은 삶을 살면 그만이다.

가
만
해
지
는

시
간

아무것도 하지 않아도 괜찮습니다.
때론 몸도 마음도 가만해지는 시간이 필요하니까요.

봄날 밤의 | 작은 공연

우리 부부의 친구이자, 사랑하는 밴드 '전기뱀장어'의 보컬 인경 씨가 제주에 여행을 왔다가 우리 집 마당에서 작은 공연을 선물해주었다. 오랜만에 좋은 노래를 들으며, 다정하고 즐거운 시간을 보냈다.

전기뱀장어의 노래 중에 TV프로그램 삽입곡으로 쓰인 '보리'라는 곡이 있는데, 이 곡을 만들 때 제주의 우리 부부 모습을 많이 떠올렸다고 한다. 부끄럽기도 하지만 참 고맙고 감동이다.

우리도 모르는 사이에 우리가 살아가는 모습은 분명 누군가에게 작은 영감이 되고, 영향을 준다. 그 작은 영감은 그림으로, 노래로, 혹은 글이나 사진으로 표현되고, 그것들은 또 다른 누군가에게 영향을 미친다.

삶이란 그런 것이 아닐까. 우리 모두 끊임없이 서로가 서로에게 영향을 미치고, 그 영향으로 조금씩 좋은 방향으로 바뀌어간다면 언젠가 좋은 삶, 좋은 인생이 되지 않을까?

봄날 밤, 마당에서 열린 작은 공연

그럼에도 불구하고 | 무력해지는 순간

오랜 친구와 통화를 했다. 직장에서 무슨 일이 있었는지 목소리가 영 기운이 없다. "아, 퇴근하고 너랑 카페에서 수다 떨고 싶다." 말하는 친구에게 그저 기운 내라는 말밖에 해줄 수가 없었다. 제주에 내려와 살면서 가장 아쉬운 것을 꼽으라면 바로 이런 순간들일 것이다. 내가 아끼는 사람들이 나를 필요로 하는 순간에 곁에 있어줄 수 없다는 것. 한달음에 달려가 꼭 안아줄 수 없다는 것. 우리 사이에 놓인 물리적인 거리는 이런 순간에 나를 참 무력하게 만든다.

하지만 이런 아쉽고, 무력한 순간들을 보상할 수 있는 시간도 찾아온다. 그들이 제주에 와서 이 공간에 머물며 함께 보내는 시간들이다. 도시에서의 만남과는 다르게 온전한 하루를 함께할 수 있다. 내가 좋아하는 바다를 함께 보고, 좋아하는 숲을 함께 걷고, 내가 공들여 꾸민 공간에 내가 좋아하는 사람들이 머문다. 이런 시간들로 무력한 순간들을 모두 보상할 수는 없겠지만, 힘들 때 저 바다 건너 섬마을에 마음 편히 찾아갈 수 있는 내가 있다는 사실이 작은 위안이 되었으면 좋겠다.

편 | 사
애 | 이
하
는

　우린 서로 편애해서 서로의 편에 서 온 사이잖아요.
우리인 게 참 편해서 점점 더 편애하는 사이잖아요.
그대는 내 편에 서고 난 그대 편에 서는 우리잖아요.

♬ 가을방학, '편애' 중

부모라는 | 토양

"내가 너를 잘못 키웠나 봐."

25년 키운 딸자식이 대학을 졸업하자마자 취직은 하지 않고, 웬 남자와 제주에서 살아보겠다고 했을 때 엄마가 한 말이다. 이기적인 선택이었다. 가정 형편이 썩 좋은 것도 아니었고, 보통대로라면 졸업 후 바로 취업을 했어야 했다. 하지만 나는 도시에서의 삶이, 조직의 일부로서의 삶이 내게 맞지 않을 거라는 걸 알고 있었다. 내가 불행한 삶을 선택하고 싶지 않았다. 조금 벌고 조금 쓰더라도 나에게 맞는 삶을 선택하고 싶었다. 행복한 삶을 살기 위해서는 조금 이기적이어도 된다고 생각했다. 내 삶을 누구도 대신 살아주지 않으니까.

"엄마 아빠가 나를 이렇게 잘 키워주었어. 고마워. 행복하게 잘 살게."

끝내 반대하지 못하고 또 나를 이해해준 엄마 아빠에게 내가 한 말이다.

경제적으로 넉넉하진 않지만, 모든 일에 정직하고, 성실한 부모 아래에서 자랐다는 것. 비싼 옷, 비싼 교육받으며 자라진 않았지만, 항상 사랑과 관심으로 지켜봐 주고 응원해주는 부모가 있다는 것. 내 뜻과 결정을 믿어주고, 주체적으로 삶을 결정하고 살아나갈 수 있도록 묵묵히 곁에서 지켜봐 주는 부모가 있다는 것. 공부나 성공보다는 건강이 최우선이라고 늘 말해주는 아빠가 있다는 것. 남들보다 조금 느리고, 남들과는 조금 다른 나를 '틀리다' 고치려고 하지 않고, '다르다' 인정하고 보듬어주는 부모가 있다는 것. 이 비옥한 부모라는 토양이 있었기에 지금의 건강한 나로 자랄 수 있었다고 생각한다.

늘 소녀 같은 감성을 물려준 엄마와 정직하고 성실한 삶의 태도를 가르쳐 준 아빠에게 감사하다.

여름의 첫 장

오랜만에 카페의 창문을 활짝 열었더니,
봄 동안 창을 타고 부지런히 올라온 담쟁이가 바람에 흔들린다.
작은 카페 안에 푸른 여름의 냄새가 가득 풍긴다.

아, 여름이다.

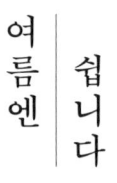

여름엔 │ 쉽니다

　　'1년 중 가장 뜨거운 7월 말~8월 말, 한 달 동안 쉬어갑니다.' 극 성수기라 불리는 계절에 이게 도대체 무슨 말인가, 도대체 어떻게 생겨 먹은 사람들인가 하는 질문을 많이 받습니다. "돈이 많은가 보다, 여름 장사를 안 하다니." 하는 오해와 질투가 서린 말도 많이 듣습니다.

돈도 많지 않고, 손님이 들끓는 집도 아니라 하루하루 아쉬운 마음은 똑같습니다만, 사실 에어컨이 없기 때문입니다. 에어컨 없이 선풍기로 여름을 나고 있어요. 또 사실 엄청 덥긴 더우니, 그래서 손님을 받기는 미안하니까 그냥 쉬기로 했지 뭡니까. 너도나도 에어컨을 마구 틀어대니까 지구가 자꾸자꾸 더워지는 것 같아서 말이죠. 이게 무슨 고집인가 싶기도 하지만, 지구를 지키고 싶은 나름의 소심한 반항입니다.

쉬는 동안 우리는 열심히 물놀이도 다니고, 캠핑도 다니고요. 육지에 있는 가족들에게도 다녀옵니다. 그러니까 우리 뜨거운 여름 보내고, 조금 선선해지면 만나요.

뜻밖의 그림엽서 | 봄날에 날아든

5월의 첫날, 햇볕이 좋던 오후. 예상치 못한 편지가 한 통 배달되었다. 국제우편으로 비행기를 타고 날아온 편지봉투에는 바른 글씨로 또박또박 주소가 적혀 있고, 그 안에 두 장의 그림엽서가 있었다. 한 장에는 배낭여행객의 모습이 그려져 있고, 뒷장에는 글이 빼곡했다. 그리고 다른 한 장에는 우리 집 마당과 그 안에 있는 J와 나의 모습이 그려져 있었다. 깜짝 놀란 우리는 그림을 한참 들여다보다가 편지를 읽었다.

내용을 찬찬히 읽어보니, 한 해 전 우리 집에 다녀간 홍콩에서 온 손님이 보낸 편지였다. Joy는 혼자 제주를 여행하면서 우리 집에 하룻밤을 묵어간 손님이다. 비록 하룻밤이었지만 집에 대해, 여행에 대해, 이곳에서의 삶에 대해 이런저런 이야기를 나누었던 기억이 난다. 그런 Joy가 여행을 다니며 만난 사람들, 자신에게 영감을 준 사람들의 이야기를 그림으로 그렸고, 그 이야기들을 엮어 책이 만들어졌다고 한다. 그 가운데에 고맙게도 우리 부부의 이야기가 들어가 있다는 것이다.

뜻밖의 그림엽서에 놀라기도 했지만, 그림 한 장이 어찌나 마음을 울리던지. Joy가 바라본 우리 집의 모습은 이랬구나, 그 속에 나와 J의 모습을 이렇게 예쁘게도 그려주었구나. 새삼 새롭고, 신기했다. 그림의 오른편에는 공사 시작 전에 집 앞에서 찍었던 흑백 웨딩사진이, 왼편에는 Joy가 왔을 때 봄이 한창이던 마당의 모습이 그려져 있었다. 돌길에 하나하나 눌러 넣었던 조약돌들, 지붕 처마에 그린 꽃 하나까지 놓치지 않고 표현해서 더 놀라웠다.

집 공사가 한창이던 어느 날에 J와 나눴던 이야기가 다시 떠올랐다. "우리의 이야기가 누군가의 마음에 작은 진동을 준다면 그야말로 짜릿하겠지. 오늘 우리가 하는 일들이 누가 알든 모르든 세상 어딘가에 분명히 전해지고 영향을 준다면, 우리가 더 의미 있고 재미있는 일을 많이 해야겠다는 생각이 들어."

예상치 못한 선물에 마음이 울렁거리는 5월 첫날의 오후였다.

Illustrated by Joy

홈 | 웨
딩
사
진

　　공사를 마치고 고쳐진 집을 배경으로 웨딩사진을 다시 찍었다. 나는 예전에 옷 가게에서 3만 원을 주고 산 웨딩드레스를 입었고, J는 그가 가진 유일한 정장을 입었다. 원래도 값비싸고 화려한 것에는 별 관심이 없던 우리 두 사람이지만, 그간 공사를 하면서 정말 중요한 것은 어떤 옷을 걸쳤는가, 어떤 집에 사는가가 아니라 어떤 속내를 지녔는가, 누구와 함께인가라는 것을 깨달은 후였다. 공사 전 허름한 옛집을 배경으로 남긴 흑백사진도 공사를 마치고 단장된 집을 배경으로 한 사진도 우리에겐 모두 똑같이 소중하고, 고마운 추억이다.

공사를 끝내고 거실에서 찍은 웨딩사진

Part 3

여행
일기

가파도 1 : 바다로 가는 미끄럼틀

섬에는 바다로 가는 커다란 미끄럼틀이 있었다.

바다색의 커다란 미끄럼틀은 분명히 바다로 향해있었다.

나는 배에서 내리자마자 한달음에 미끄럼틀로 달려갔다.

커다란 미끄럼틀에 앉아 이대로 주르륵- 미끄러져 바다에 풍덩! 하고

빠지고픈 유혹에 시달렸다. 하지만 이내 곧 겁을 먹었다.

옷이 홀딱 젖은 채로 돌아다닐 용기도 없었다.

그 대신 여름이면 이 미끄럼틀을 타고 바다로 풍덩 들어가

'까르륵' 웃으며 신나게 놀 섬 아이들의 표정을 상상했다.

그러자 이내 기분이 좋아졌다.

──────── 좋아하는 사람들이 보고 싶었던 날 ────────

송악산 둘레길

육지에서 내가 좋아하는 사람들이 올 때면 항상 함께 가는 곳이 있다.

바다와 산이 만나는 곳, 송악산 둘레길이다.

우리 엄마 아빠가 왔을 때에도, 10년 지기 친구가 왔을 때에도,

J의 부모님이 오셨을 때에도 어김없이 함께 걸었던 이 길.

바다와 산을 양옆으로 두고 한 시간 반쯤을 걷는다.

걷는 내내 나의 왼편으로는 파랗고 드넓은 바다가 펼쳐지고,

오른편으로는 푸르고 든든한 산이 자리한다.

나는 언제고 자연의 한가운데에 그 일부로 놓여있을 때

가장 안전하고, 보호받는 느낌을 받는다.

그리고 가장 자유롭다.

오설록 녹차밭 : 녹차의 초록을 좋아합니다

모든 종류의 초록을 좋아하지만, 유독 더 좋아하는 초록이 있다.
당근 풀의 초록과 녹차의 초록이다. 아, 생각해보니
우리 집 마당 돌길 사이에 자라난 이름 모를 풀의 초록도 좋아한다.
초록은 사람의 마음을 위로하는 힘을 가졌음에 틀림없다고 믿는다.
그래서 초록을 좋아하는지도 모르겠다. 신기하다.
바다를 더 좋아할 때는 분명 파란색을 더 좋아했는데,
나무와 숲이 더 좋아지니, 초록이 이렇게나 좋아졌다.

여담으로, 어렸을 적(지금도 종종) 나는 노란색, 파란색을
노란, 파란이라고 하듯이 초록색을 '초란'이라고 불렀다.
신호등에 불이 들어오면 "엄마! 초란색이야!"라고 외쳤다.

─────────── 바람도 바다도 잔잔했던 날 ───────────

용머리해안

드디어 성공했다.

용머리해안은 바람이 조금 심하거나, 해수면이 높을 때에는

통제가 되기 때문에 아무 때나 쉽게 걸을 수 있는 곳이 아니다.

몇 번의 시도 끝에 드디어 성공했다.

이렇게 멋진 곳을 지척에 두고 이제야 걸어보다니

걷는 내내 탄성이 절로 나왔다.

꼭 미국 서부의 광활한 자연 속에 들어와 있는 기분이었다.

오래전 화산이 분출하면서 만들어진 지층, 쌓이고 깎이며

만들어진 길을 오랜 시간이 흘러 지금의 내가 걷는다.

자연은 세월의 흔적을 고스란히 간직하고 있다.

오일장

설 명절을 앞둔 오일장.
청소를 하고, 간만에 화분에 물을 흠뻑 주고, 빨래를 널고는
장바구니를 챙겨 집을 나섰다. 정말 오랜만에 봄날같이 따뜻한 날씨다.
집을 나서 볕이 내리쬐는 골목길을 걸으면서
이게 도대체 얼마 만의 외출인지 가늠할 수조차 없었다.

시장은 명절을 앞두고 장을 보러 나온 사람들로 왁자지껄 붐볐다.
그 어느 때보다도 활기찼다. 왁자지껄한 사람들 소리가, 일렁이는 불빛이,
한구석에서 풍기는 풀빵 굽는 냄새가, 알록달록 가지런히 놓인 과일들이
그 어느 때보다도 활기차고 따뜻해 보이는 날이었다.

───────────────── 봄이 한창이던 4월의 어느 날 ─────────────────

가파도 2 : 청보리섬에서의 하룻밤

모슬포항에서 가파도로 들어가는 마지막 배를 탔다. 커다란 여객선에는
선원을 제외하고 우리 두 사람을 포함해 총 다섯 사람이 타고 있었다.
꽤 여러 번 배를 타봤지만, 이렇게 한가한 배는 처음이었다. 가파도에 도착해
각자의 길로 뿔뿔이 흩어지니, 이내 조그마한 섬에 우리 두 사람만 남았다.

가파도 하동의 한 민박집에서 하룻밤을 보냈다. 친절한 사장님 내외가 계시는
깨끗하고 정다운 곳이었다. 우리가 묵은 방 창밖으로는 자그마한 포구가 보였다.

마지막 배를 타고 들어간 가파도에는 활기찬 낮의 청보리밭과는 또 다른 세상이
펼쳐진다. 해가 뉘엿뉘엿 서쪽으로 넘어가고, 볕이 좀 더 보드라워지는 시간의
청보리밭을 만날 수 있다. 드넓게 펼쳐진 청보리밭 사이로 아무도 없이
느긋해지는 우리만의 시간을 가질 수 있다.

곶자왈

숲에 들어가 고개를 뒤로 젖히고
위를 올려다보기를 참 좋아한다. 하늘이 흐려도, 혹은 맑아도 좋다.
제주의 숲은 언제나 푸른 잎을 가지고, 와중에 붉거나 노란 단풍잎도 보인다.
때때로 자연은, 숲은, 나무는 인간이 줄 수 없는 위안을 주고, 맑은 숨과 기운을 주고,
한겨울에도 포근한 숨을 내뿜는다. 숲은 거칠지만 부드럽고, 어지럽지만 고요하고,
날카롭지만 포근하다. 제주에 살면서 전보다 숲에 가는 일이 훨씬 많아졌는데,
그 안에 들 때마다 숲은 나를 정화시키고, 겸손하게 만든다.

숲의 기운이 필요할 때면, J와 종종 화순 곶자왈을 찾는다.
사람의 손을 덜 탄 곳. 나뭇잎 소리, 바람 소리, 가끔 꿩 소리뿐이 없는 곳.
다른 무엇보다 숲의 기운을 온전히 받기 위해 꼭 필요한 곳.

──────── 친구와 함께여서 즐거웠던 날 ────────

새별오름

반가운 친구와 함께 새별오름을 찾았다.

새별오름은 여태껏 올라본 오름들 중 가장 가파른 오름이었다.

거의 땅에 붙어서 기어올라 갔다. 엉금엉금. 운동신경도 없고, 평소 운동도 안 하는

저질 체력의 나는 숨이 매우 가빠졌다. 뒤에서 J가 밀어주었다.

나는 오르는 내내 징징거리며, "기울기가 70도는 되는 것 같아. 그렇지?"라고 말했고,

J는 말도 안 되는 소리라며 70도는 기어오르기도 힘들다고 말했다.

그렇게 아웅다웅 다투며 오르다 보니 어느덧 정상에 다다랐다.

가쁜 숨을 몰아쉬는데 오름을 온통 뒤덮고 있는 새하얀 억새가 눈에 들어온다.

햇볕을 받아 형태 없이 흐드러진 억새가 바람에 흔들리고 있었다.

빠르게 뛰는 내 심장과 달리 억새는 고요했다.

그런데 아무리 생각해도 70도는 되는 것 같다.

오래된 텐트

캠핑을 가고 싶은데, 텐트가 없었다.

급히 하나 장만하려다 결국 준비하지 못하고 여행 날이 되었다.

어릴 적 엄마, 아빠, 동생과 강원도 계곡에 놀러 가 여름밤들을 보냈던

오래된 텐트를 꺼냈다. 나와 동생은 어느덧 훌쩍 자라나,

우리 네 가족은 더 이상 그 텐트 하나에 나란히 누울 수가 없다.

그렇게 묵혀두었던 텐트를 이번 여행에 데려갔다. 20년도 더 된 오래된 텐트.

비 오는 숲 속에 텐트를 치고 그 안에 누워있자니,

엄마 아빠와 동생과 넷이 나란히 누워 보냈던 여름밤들이 생각났다.

며칠 전 휴가 때 엄마 아빠는 새로 산 7~8인용의 커다란 텐트를 가지고

우리가 자주 찾던 그 계곡에 다녀왔다고 했다.

커다란 텐트에 이젠 단둘이 누웠을 엄마 아빠를 생각하니 코끝이 아려왔다.

———— 8월의 한여름 ————

안덕계곡 : 에어컨 없이 여름을 나는 법

대평리 마을 뒤쪽으로 군산을 넘어 나오면, 안덕계곡이 나온다.

산중에 있는 계곡이 아니지만, 대로에서 조금만 내려가면 깎아지른 절벽에

활엽수가 울창하게 드리운 계곡을 만날 수 있다.

한낮 땡볕의 더운 공기가 계곡에 가까워질수록 선선해지는 걸 느낄 수 있다.

정말 감사한 일. 에어컨 없이도 우린 이렇게 시원할 수가 있는데 말이다.

계곡은 물이 엄청 맑지도 않고, 엄청 차갑지도 않지만,

그늘에 앉아 발 담그고 하염없이 앉아있기에 딱 좋았다. 사람도 바글거리지 않는다.

다들 조용조용히 이야기를 나누며 놀고 있다.

다음번에는 수박 한 통 사 가서 돗자리 깔고 낮잠 자야지 하고 생각했다.

박수기정 : 변하는 것과 변하지 않는 것

작고 조용하고 평온해서 사랑했던 이 마을은 이제 완벽한(?) 관광지로
변해있는 것 같았다. 물론, 나도 육지에서 내려와 숙박업을 하면서
먹고살고 있는 형편이라, 남 탓만 할 수는 없다. 그래도 이건 너무하지 않은가?
마을은 사라지고, 관광지만 남은 대평리의 모습을 보니 마음이 아팠다.
J와 함께 울분을 토하며 포구 쪽으로 걸어 내려갔다.

'아 그래….'

감탄이 나왔다. 바다는 변하지 않았더라.
깎아지른 박수기정의 모습도, 새하얗게 일렁이는 파도도 변하지 않고
그 자리에 있어주었다. 너무도 고맙고, 미안하고, 아름다운 모습이었다.

—————— 춥지만 눈부셨던 1월 ——————

금능바다

여름이면 인산인해를 이루고 요란한 관광지가 되는 곳이지만,
사람들이 모두 떠난 계절의 금능바다는 쓸쓸하지 않고 오히려 더 빛이 난다.
오후의 햇빛을 고스란히 받은 바다의 잔물결은 끊임없이 반짝이며 밀려온다.
가까운 듯 먼 곳의 작은 섬, 비양도는 예나 지금이나 변함없이 그 자리를 지키고
바다에 둥둥 뜬 모습으로 모두의 배경이 되어준다.

여름의 요란한 바다를 찾은 사람들은
바다의 진정한 매력을 평생 모르고 지나칠 것이다.
모두가 떠나고 잔잔한 물결만이 남은 계절이 되어야
비로소 진정한 제주 서쪽의 바다를 만날 수 있는 것이다.

비밀의 수국 길

누구나 알고 있는 명소가 아닌, 나만 알고 싶은 비밀의 장소가 있다.

제법 여름 내음이 강해지는 때가 되면 조용히 이곳을 찾는다.

인적이 드문 길가에 푸른색의 수국이 길게 줄지어 피어있다.

푸른색의 수국은 꼭 눈물을 머금고 있는 것 같다.

어여쁜 꽃을 가만히 들여다보고 있자니 이내 슬퍼지는 것 같기도 하다.

이름에 물 수(水) 자를 쓰는 꽃.

여름, 장마와 함께 찾아오는 꽃이어서 더욱 그런 걸까.

──────── J와 다투고 속상할 때면 ────────

하모해변

대개는 아무도 없는 날이 많다.
J와 다투고 집을 나서 터벅터벅 걷다 보면 어느새 늘 하모해변에 와 있다.
조금 더 심하게 다투고 속이 상한 날이면 그 길로 바다를 따라 쭉 걸어
송악산까지 가버릴 테지만, 대개는 하모해변까지다.
아무도 없이 고요하다.
순간 나만의 바다가 생긴 것 같아 기분이 좋아진다.
방파제를 쌓은 후 모래가 많이 유실되어 '수영금지' 팻말이 붙었다는
그 작은 해변이 이렇게 속상한 날에는 참 고마운 벗이 되어준다.

마라도

가끔은 혼자 배를 타고 섬으로 간다.

남들에겐 '대한민국 최남단'이라는 거대한 이름으로 불리는 섬이지만,
나에겐 그냥 집에서 가까운 작은 섬.
문득 마음이 쓸쓸해질 때 배를 타고 건너가 천천히 또는 느리게 걸어 다니는 섬.
어찌나 작은지 느린 내 걸음으로 걸어도 한 바퀴를 다 도는 데
한 시간 남짓도 안 걸리는 섬.
여름에는 활기차서, 가을에는 쓸쓸해서 더욱 애틋한 섬.

―――――――――― 2월, 눈이 많이 내린 한겨울 ――――――――――

눈 내린 한라산

한라산에는 며칠 동안 눈이 꽤 내렸다고 한다.

우리 동네에는 종잇장만큼도 쌓이질 않았는데 말이다.

눈을 참 좋아하는데, 제주에 내려와서는 통 눈 구경을 할 일이 없다.

내 체력이 따라주지 않을 걸 알았지만, 그렇게 많이 내렸다는 눈을 보러

한라산에 오르기로 했다. 하지만 모두가 내 마음 같았던지 영실 주차장을 한참 남겨두고

차들이 줄지어 서있다. 우리도 갓길에 차를 세워두고 걸어 올라가기 시작했다.

영실 입구까지 오르는 길 내내 나뭇가지마다 눈이 소복이 많이도 쌓여있다.

느린 걸음으로 마침내 입구에 다다르니, 입산이 통제되고 있었다.

나는 속으로 다행이다 싶었다. 사실 내 체력은 딱 거기까지였다.

그 위로는 훨씬 더 아름답겠지만, 그만큼으로도 충분했다.

J는 속으로 꽤나 아쉬웠겠지만, 이 정도로도 충분하다며 티를 내지 않았다.

우리는 검은 비닐봉지 한 장을 썰매 삼아 미끄러져 차를 세운 곳까지 다시 내려왔다.

J에게 —————————————————————————

　　J. 길고도 짧았던, 힘들고도 행복했던 우리의 첫 여행이 이제 마무리되었어. 길었던 공사를 끝내고, 우리가 만든 이 공간에 사람들이 오기 시작한 지 벌써 여러 날이 지났지만 왠지 모를 아쉬움 때문인지, 영 마무리된 느낌이 아니었는데, 이 책이 우리 함께한 첫 모험의 마침표가 되어주지 않을까 생각해.

처음 당신을 만났던 때가 생각나. 무얼 해서 먹고살아야 할지 갈피를 잡지 못하고 고민하던 20대 후반의 남자였지만, 삶을 어떻게 살아갈지에 대해서는 예전부터 오랜 시간을 고민해온 사람 같았어. 그래서일까 왠지 모르게 깊어 보이는 눈이 참 마음에 들었어. 당신이라면 꽤나 의미 있고 재미있는 인생을 함께 살아갈 수 있겠구나 싶었어.

당신이 100년이 다 되어 허물어져가는 오래된 옛집을 구했다고, 그 집을 나와 함께 고쳐보자고 얘기했을 때 말이야. 사실 나, 별로 고민하지 않았어. 말로는 표현하기 힘든 어떤 믿음이 있었던 것 같아 당신에게. 모두들 힘들 거라며 포기하라고 했지만, 나는 왠지 청개구리 같은 기질과 쓸데없는 고집이 있거든. 그리고 당신도 마찬가지일 거라고 생각했어. 그 고집과 믿음이 헛되지 않게 우리 참 멋진 공간을 만들어낸 것 같아. 아마도 나는, 당신 없이 혼자였더라면 내 인생에 상상도 하지 못했을 일을 해낸 것 같아. 참 고마워. 아무나 할 수 없는 멋진 일을 해볼 수 있게 해주어서.

사실, 얼마 전까지만 해도 이 공간을 만들어낸 일은 내 인생 계획이나 목표, 꿈에 없던 일, 얼떨결에 하게 된 일이라고 생각했어. 운이 좋아 당신 같은 사람을 만나 정말 얼떨결에 말이야. 그런데 기억나? 며칠 전 우리 집에 혼자 다녀간 남자 손님 말이야. 독일에서 음악을 배워 작곡하고 있다던 그 사람 말이야. 그 손님이 이런 말을 했잖아. "사람들은 자기가 하고 싶은 이야기를 무언가를 통해 표현하고 있어 요. 저는 지금 음악을 통해 표현하고 있고요. 지금 제일 잘 할 수 있는 게 음악이니 까요. 두 분 이야기를 보고, 두 분이 하고 싶은 삶에 대한 이야기를 이 공간 곳곳에 표현해두셨구나, 꼭 한 번 와보고 싶다고 생각했어요." 이 얘기를 듣고 그제야 깨 달았어. 나, 내가 하고 싶던 일을 해낸 거라는 걸. 늘 창작에 대한 욕구가 있었어. 글을 쓴다거나, 사진을 찍는다거나, 그림을 그린다거나 하는 것들 말이야. 아마도 내가 하고 싶은 삶에 대한 이야기들을 무언가로 표현하고 싶었던 것 같아. 그리고 우리는 이 공간에 당신과 나의 이야기들을 담아내었어. 그래서 참 재미있었던 것 같아. 그래서 그 춥고, 덥고, 힘든 날들도 견뎌낼 수 있었던 것 같아.

그리고 우린 또 다른 방법으로 당신과 나의 이야기를 해나가겠지?
늘 고맙고, 사랑해.

──── 다비가.

다비에게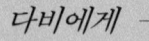

　　지난 1년간 힘들다고 도망가지 않고 옆에 있어줘서 참 다행이라고 생각해. 처음에는 나도 우리가 해낼 수 있을지 몰랐으니까. 그러다 추운 겨울 어느 날엔가, 그토록 잠이 많은 다비 네가 어서 일하러 가자고 날 깨웠던 적이 있었지. 나는 그때쯤, 너도 이제 마음을 굳게 먹었구나 하는 생각을 했어. 그 후로 어느 정도 확신이 들었어. 우리가 할 수 있겠구나.

돌아보면 그렇게 오래된 일도 아닌데, 꽤나 오래된 일처럼 느껴져. 아마 그 사이에 많은 일들이 있었기 때문이겠지. 너를 만난 이후 나의 시간은 점점 빠르게 흐르고 있는 것 같아. 이러다 우리도 모르는 사이에 폭삭 늙어버리는 건 아닐지 걱정도 된다. 그래도 매일매일 무언가 하고 있다는 느낌이 나쁘진 않아. 그리고 너는 나보다 더 이것저것 하고 싶은 게 많지. 때론 그런 네가 어이없기도 하지만 그런 점이 너답고 좋아. 나에게도 그런 모습이 있기도 하고. 그래서 우린 늘 하루가 끝날 때쯤엔 그렇게 피곤한가 봐.

생각해보면, 지금까지의 일은 자유롭게 살려고 고민하고 그 와중에 시작하게 된 일이지만, 어쩌면 지금 하는 일이 오히려 자유를 구속하고 더 얽매이게 된 것 같은 느낌도 들었어. 그런데 또 생각해보면 자유로움은 뭘 더 갖고 혹은 비움에서 오는 느낌만은 아닌 것 같아. 우리가 가진 것들을 그대로 누리고, 때론 사람들과 나누고, 하고 싶은 이야기를 하면서 사는 것으로도 충분하다는 생각이 들었어. 해답을

찾는 과정에서 우리의 다음 이야기가 만들어지지 않을까 하고 생각해.

나는 나의 느낌대로, 너는 너의 느낌대로 우리의 이야기를 계속해보자. 그리고 우리의 이야기가 누군가의 마음에 작은 진동을 준다면 그야말로 짜릿하겠지. 오늘 우리가 하는 일들이 누가 알든 모르든, 세상 어딘가에 분명히 전해지고 영향을 준다면 우리가 더 의미 있고 재미있는 일을 많이 해야겠다는 생각이 들어. 앞으로도 옆에서 지금처럼의 관심과 사랑으로 자유로운 하루를 살자.

사랑한다.
늘 사랑하는 사람과 자유로운 인생을.

———— J.

오래된 집에 머물다

© 2017 박다비

초판 1쇄	2017년 8월 9일
지은이	박다비
발행인	유철상
책임편집	홍은선
디자인	주인지
교정교열	홍은선
마케팅	조종삼, 조윤선, 안남영

펴낸곳	상상출판
주소	서울시 동대문구 정릉천동로 58, 103동 206호(용두동, 롯데캐슬피렌체)
전화	02-963-9891
팩스	02-963-9892
전자우편	cs@esangsang.co.kr
홈페이지	www.esangsang.co.kr
블로그	blog.naver.com/sangsang_pub
출판등록	2009년 9월 22일(제305-2010-02호)
인쇄	다라니

ISBN 979-11-87795-33-9